As ruas lá fora

contos

Raphael Araújo

Para Clara

Sem dinheiro, o maior malandro cai do cavalo e
sofredor algum sai do buraco. Esperar maré de sorte?
A sorte não gosta de ver ninguém bem.

João Antônio, *"Malagueta, Perus e Bacanaço"*

Sumário

A arte da guerra com orelhas

O encontro se aproximava. O sujeito na outra calçada, direção oposta, moletom e capuz cobrindo a cara, cinquenta metros à frente. Queixo pontiagudo, meio rosto iluminado pela luz fria do poste. E o Robson no mesmo estilo, passos largos junto à guia, pelo canto da rua. Aprendeu com a irmã mais velha. Tarde da noite, ela só andava rente ao meio-fio, radar ligado pra pilantra, pronta pra desviar se preciso.

Quando você vai pela sarjeta, não podem te empurrar contra o muro, jogar pra trás de um caminhão ou de uma banca de jornal, ela dizia. Se chegarem perto, é só mudar de calçada e fingir que essa já era a intenção.

Nada besta a irmã, o spray de pimenta nunca sai da bolsa. Também nada ingênuo o Robson, de cara feia e camuflado na neblina. Escolheu não mudar de calçada, pôs a mão na cintura pra parecer que vinha na correria. Ladrão vai querer roubar ladrão? Existem regras na quebrada, e ninguém precisava saber que na verdade ele só estava voltando da escola técnica depois de um dia de trabalho no centro, vendendo película e capinha de celular na galeria, enquanto o dele continuava com a tela trincada e a bateria no fim da vida. O que valia mesmo eram as fotos, o fim de semana na praia com a Ritinha naqueles primeiros dias, quando ele ainda achava que ia durar. A Ritinha dizia que gostava do jeito dele, engraçado, ligeiro, não era como os outros. Depois mudou de ideia, perdeu o interesse, não queria namorar sério. Para os amigos, a história durou três posts nas redes, alguns megabytes de memória no celular. Para ele, ainda durava, alguma coisa nas fotos negava o fim, talvez o jeito como ela sorria de olhos fechados e com a cabeça inclinada para cima, talvez na forma como encostava a bochecha na sua. E o risco de perder essas lembranças o fez passar a mão na cintura de novo, ajustando o revólver invisível.

E se o cara paga pra ver? E se tiver que sair na mão? Será que vai arregar? A noite é um veneno, não deixa testemunhas. Melhor blefar, ele já ganhou muitas partidas de truco assim. Fazia sinal de zap e tinha um quatro, dançava com os ombros fingindo que estava cheio de três, só guardava dama, valete, rei. O adversário tremia, escondia as cartas no monte. Ninguém precisava saber que a única arma que ele tinha mesmo era o guarda-chuva quebrado no fundo mochila, e que ali também trazia, enrolado num pano encardido, o tupperware com manchas de molho de macarrão do almoço, o livro *A arte da guerra* com orelhas, comprado por quatro reais na maquininha do metrô, o bilhete único e a carteira com o cartão de crédito que fez de impulso na loja de roupas do shopping, porque não cobravam anuidade e porque a vendedora da boca carnuda e batom rosa claro ofereceu desconto de quinze por cento na calça jeans, quando ele ainda tentava ficar bonito pra Ritinha. O cara do outro lado da rua com queixo pra frente e botas de cano longo não precisava saber nada disso. Mas será que ele também guardava fotos de um caso que não vingou? Será que considerou a escola técnica ou vender capinhas de celular? A irmã também carregava spray de pimenta? "A suprema arte da guerra é vencer o inimigo sem lutar", era o que dizia o livro surrado na mochila, embora não tivesse boca para dizer nada, só muitas orelhas. O vulto que vinha não parecia tão diferente dele, afinal. Mas quem garantia?

E o sujeito mais perto que nunca, na altura da casa da senhorinha que ficava sempre no portão, casa que agora era puro silêncio, como se ninguém vivesse lá dentro. Logo ali que sempre latia cachorro. Aquela arruaça sem hora era motivo de briga na vizinhança, acordava todo mundo de madrugada, botavam bebê de colo pra chorar. E justo agora ninguém fazia ruído, nenhuma luz se acendia.

Vira-lata traíra. Noite gelada. Ritinha sem coração.

E o Robson passava por tanta gente durante o dia. No ônibus, no metrô, nas ruas do centro. Semana depois de semana, gente desconhecida e gente que se repetia. Segunda, terça, quarta. Gente perdida e com lugar para ir. Quinta, sexta, sábado. Gente cinzenta, alta, apressada, de unhas roídas, cabelo colorido. No ponto de ônibus de manhã, ele cumprimentava a tiazinha do bolo com café. Ela só gentileza e gorrinho quando fala "bom dia", o vapor saindo pela boca, vapor como o dessa neblina que cobre a esquina lá na frente. Numa cidade assim tão grande, por que justo o sujeito do queixo pra frente seria um problema? Melhor mesmo era atravessar aquele faroeste sem tiro.

Se cruzar com alguém, você pode passar batido, fazer que não viu, virar para o lado, se concentrar no chão. Olhos nos olhos é arriscado. Se for só por um segundo, é ocasional, aceitável, se por dois ou mais, aí é tretar ou flertar. Existe ainda a desculpa de engano, achar que conhece a pessoa de algum lugar pra puxar assunto. O Robson quase fez isso uma vez com uma desconhecida no metrô, mas agora a história era outra, agora só queria ir para casa, abrir o cadeado do portão e deixar a gritaria das correntes cobrir o silêncio da rua. Entraria na sala, daria boa-noite aos pais, comeria o arroz e o frango cozido que esperavam na panela do fogão. De barriga cheia, quem sabe não mandaria uma última mensagem para a Ritinha? Ainda valia a pena tentar? O Robson só queria ir para casa.

E o outro sujeito também. Por isso passou sem dizer nada. Seguiu na miúda, mãos nos bolsos, sem olhar de lado. Mais alguns passos e a luz do poste bateu no rosto agora sem capuz, a testa protuberante, nariz redondo e bigode ralo. Chico olhou para trás e confirmou que o outro se afastava. O maluco não parava de mexer na cintura, será que tava armado?, ele se perguntou com o alívio de quem escapa de uma ameaça. E virou a esquina com pressa, subiu por último no ônibus que deixava o ponto. O motorista não respondeu ao aceno de cabeça. A cobradora estava cochilando. Ele se acomodou em um dos bancos dos fundos, abriu um volume de *O príncipe* com orelhas e com marcas amarelas, comprado também na maquininha do metrô, no fim de semana, na volta do curso profissionalizante. Um rei de ouros servia de marca-página, escondia o último trecho grifado pelo leitor: "Nada faz estimar tanto um príncipe como as grandes empresas e dar de si raros exemplos".

Ele passou os olhos sobre dois parágrafos sem prestar atenção. Recomeçou a partir do trecho em destaque e voltou outra vez. Se perguntou se ele mesmo tinha algum exemplo para dar. Procurou alguma atitude digna na sua memória, mas era difícil se concentrar assim no fim do dia, a cabeça cheia de atender cliente na lanchonete, os braços bambos de tanto virar queijo, presunto e hambúrguer na chapa. Não via a hora de tomar um banho, tirar aquele cheiro colado na roupa, a gordura do óleo na testa e no cabelo. Antes não ligava para andar assim de qualquer jeito, mas agora tinha um motivo. Também foi num sábado voltando do mesmo curso no centro. O vagão do metrô mais cheio que de costume, Chico se enfia no corredor até achar um pedaço de chão junto a uma morena de cabelos enrolados e com luzes. Lado a lado, os dois olham para a janela à frente e os reflexos se encaram no vidro escuro. Ela está mascando chiclete, ele de boné vermelho. A gente se conhece de algum lugar, ela arriscou. E o Chico sem perder tempo, Não, mas a gente pode se conhecer agora. E descobriu que o nome dela era Rita, mas que preferia ser chamada de Ritinha. Voltaram conversando e trocaram telefones.

E se conseguiu o telefone dela, é meio caminho andado, ele ouviu da irmã mais velha, que não passava seu número para qualquer um. Só se tivesse mesmo interesse, se valesse dar uma chance para uma conversa, uma cerveja. E tem que marcar encontro logo, nada de ficar trocando mensagem à toa, ela disse.

A irmã vendia roupa no shopping e convencia qualquer um a gastar o que não podia, a fazer cartão de crédito da loja. Botava o batom rosa claro que deixava a boca carnuda, salto alto e um vestido apertado. Perfume doce com sorriso. Malandro achava que ela estava dando mole e passava nome, endereço e telefone, comprava roupa que mal servia. A irmã é esperta, segurou bem as pontas quando Chico ficou desempregado, antes de trabalhar na lanchonete. Não dava para sustentar a casa só com os trocados que a mãe tirava vendendo bolo e café no ponto de ônibus. Às vezes os dois até discutiam, mas o Chico acabava seguindo seus conselhos. Como no caso da Ritinha, ele logo tratou de marcar um encontro. Se o número do telefone tinha sido meio caminho andado, a outra metade seria percorrida no sábado seguinte.

Agora no ônibus, pela avenida Aricanduva, o Chico percebeu que nada daquilo teria acontecido naquele dia se ele tivesse escolhido outro vagão do metrô. Não teria conhecido a Ritinha. Aquele teria sido outro sábado qualquer. Ele estaria de pé, pendurado, balançando entre o sono e o tédio, com as outras pessoas nas barras de aço, gente com sovaco para cima e cabeça para baixo, gente parecida e depois diferente. Gente no celular e gente abobada. A vida passaria lá fora nos muros de concreto que cercavam os trilhos, nos postes de luz e no emaranhado dos fios, debaixo do céu fosco da cidade. A voz gravada diria Estação Brás, Estação Bresser-Mooca, Estação, e mandaria a gente não entrar depois do sinal de fechamento das portas, não comprar de vendedor ambulante, não se distrair ou esquecer pertences. Agora no ônibus, pela avenida, a caminho de casa e pensando em outro dia, quando também estava a caminho de casa, no ônibus agora com lembranças de metrô, o Chico se pergunta se vive preso a algum mecanismo, se é um rato num labirinto de papelão. A resposta vem na mensagem da Ritinha querendo saber se ele já chegou, nos memes e nas figurinhas, a resposta vem no frio da barriga e nos dedos que já correm pela tela para responder à mensagem e começar uma conversa, conversa que leva o Chico para outro lugar. Para o sábado do primeiro encontro no bar da Penha. Ele se sentou numa mesa do lado de fora e pediu uma cerveja para enganar a ansiedade. Ritinha levou meia garrafa para chegar, eles demoraram menos que a outra metade para se entender. Bastavam algumas perguntas e piadas, logo vieram os primeiros beijos. Pensar neles agora no ônibus deixava a viagem mais longa.

Ainda bem que não foi roubado. Perderia o dinheiro que recebeu mais cedo do chefe. Será que aquele cara estava mesmo armado? Para Chico, sim. Para Chico, as pessoas são o que parecem e, se você tem a chance de saber mais delas, logo vê que são o que parecem e também outras coisas. Na lanchonete, vem homem de terno, mulher de vestido, moleque apressado de camisa surrada. Basta sentar e pedir alguma coisa, eles se transformam. Às sete da manhã, o senhor Queijo-quente. Às nove, o menino Peito-de-Peru. Ao meio-dia, a madame Beirute. O senhor Dose de Conhaque chega sempre às cinco. O chefe é o Doutor Café Preto, sempre um terço de copo americano. Pra que você quer adiantamento, ele resmungou mais cedo, e apanhou algumas notas da gaveta, pronto para ignorar a desculpa que ia ouvir. E vê se não atrasa de novo amanhã, acrescentou sem olhar para o chapeiro que tinha pedido um vale. E o Chico apenas balançou a cabeça sem dar detalhes, sem contar que tinha contas atrasadas nem que ia sair com a Ritinha.

Vai pela sombra quando descer do ônibus. Chegando em casa, confere o dinheiro. E se o limite do cartão de crédito desse mês tiver espaço para mais um rolê, vai propor um bar melhor, quem sabe não revela logo pra Ritinha o que está sentindo. No baralho, o Chico não blefa. Se sai com a mão fraca, prefere esperar pelas cartas boas, limitar os danos. Não tem vergonha de correr pro monte. Fala pouco, se contenta com sinais do rosto, sinais que só sua dupla vê. Os adversários, sozinhos, cavam o próprio túmulo. Pagam para ver e se chocam com o zap. Ele mal comemora, volta para a sombra. Assim também pela quebrada. Discreto, na miúda, sem encrenca. Não fingiria que tem uma arma na cintura se não tem. Essa dica não leu no *Príncipe* com orelhas e com marcas amarelas, também não aprendeu no curso lá no centro. A irmã talvez? Pode crer, talvez tenha sido a irmã.

Carcaça de barro

Na primeira hora pensei que a enchente não passava da calçada. Na segunda, a enxurrada me empurrou pra dentro de casa. A água entrou pela garagem, pelo ralo e o vaso do banheiro. Antes de cobrir a canela e o joelho, arranquei os fios das tomadas, peguei o que dava e subi pro quarto. Agora a sala lá embaixo é uma piscina cheia de imundice e mijo de rato.

Um mês de licença médica e me empurraram pro INSS. Pega mal pro banco esse negócio de funcionário abatido. Sem falar no nome sujo. Parte do salário foi embora e as dívidas aumentaram. Fico em casa de cabeça vazia, pior ainda com chuva, a luz piscando de novo. O apagão devora a lâmpada quando vem raio. Logo ela queima de vez. A ventania não para de sacudir os galhos da árvore em frente à janela. Tem folha que se segura até a próxima rajada, tem folha que despenca direto na água.

Eu também me penduro. Fico por um fio. O doutor Moreira me manda respirar nessas horas, me distrair, não me entregar. Ele fala essas coisas sem olhar na minha cara, atrás dos óculos, a mão rabiscando nome de remédio, preenchendo formulário. A cabeça dele é branca, parece a lua cheia. Eu faço perguntas que a cabeça-lua responde com conselhos, como se fosse fácil. Ela dispensa recomendações e depois volta a orbitar o computador e a tela do celular.

Mais cedo, quando vi a rua enchendo, os raios cheios de nervos no céu, quando ouvi o trovão e a cachoeira, não aguentei, tava no meu direito de recaída. Só de imaginar essa casa amanhã, a carcaça de barro, a madeira mole dos móveis se despedaçando, as paredes imundas e o cheiro de mofo, só de imaginar a ressaca da enchente, vem o calafrio e não tem jeito. Ainda bem que sobrava um pino com resto de pó. Era reserva pra essa noite de bilhar com cerveja no Assis. Mas veio o aguaceiro e não vai ter bilhar com cerveja no Assis. Deve estar tudo debaixo d'água. Balcão, baleiro, sinuca.

Pelo menos não trombo com quem não devo. Ontem arrebentei o nariz do Félix Sodré, malandro magrela que anda sem arma. Diz que se garante no braço e no canivete, garrafa quebrada e pedaço de pau. Era amigo de infância, virou mensageiro de agiota. Eu ia dizer que devo e não nego, daí ele sacou a lâmina, e tive que largar um murro cheio de sangue. O melado espalhou no meio do vidro e da cerveja. O Assis botou o trinta e oito em cima do balcão e mandou a gente cair fora. É sossegado, o Assis, aposentado, todo mundo gosta dele. Só que não dá pra abusar. Agora, eu não tenho medo do Félix Sodré nem de agiota. Arriscado é ficar aqui. Ilhado. Seco. Horas que estiquei a carreira na capa do caderno. Uma trilha fininha, a carga da caneta de canudo, tudo pra dentro num só teco. Subiu direto, nem fez tossir. Dei uma conferida nas narinas no vidro da janela, nenhum rastro de giz, a lousa tava limpa. Ninguém vai dizer que eu dei um tiro, não dou pala, não sou moleque novo.

Parou de ventar, mas ainda cai folha. Uma que tava pendurada fez meia curva antes de ir pra água, tá boiando no meio da chuva. Viajei nela um tempo. Isso depois de botar heavy metal no celular. Depois de sair dando porrada no vento. Aprendi a socar ainda adolescente, só duas aulas de boxe, o resto foi batendo na cara de otário. Ouvi música descendo o cacete em todo mundo que aparecia pela frente. Alma penada. Assombração. Cada murro um alvo – boca, olho, estômago. Os ombros queimaram de tanto soco. Dei chute e cabeçada até a bateria do celular morrer, daí desabei suado na cama. Fiz projetos de cabeça. Empreendimentos. Formas de quitar as dívidas e viver a vida boa. Não anotei nenhuma ideia e me esqueci de todas. Daí pensei na Dani sozinha no salão de beleza, pintando unha, tirando cutícula. Ninguém faz bueiro sem tampa. A gente se pegava no meio da rua, no capô do carro, no banheiro do bar. Ela tinha uma boca de morango, perfume com suor no pescoço.

A chuva diminuiu. A corrente deixou de subir e ainda não começou a descer. A folha boiando na mesma água marrom. Se não fico ligeiro, mais merda na cabeça. Eu pivete, trancado nesse quarto, essa mesma enchente lá fora. Minha mãe dobra duas folhas de árvore que boiam no aguaceiro em frente de casa. Ela dobra no meio com ajuda desse risco que parece um nervo, dobra no formato de canoa e bota na água.

Vamos ver qual chega antes no bueiro, filho. E as duas folhas mergulham no esgoto. Quando inundava, ela corria para salvar o que podia, meu pai ficava bebendo no sofá, emputecido, no calma-caralho com cachaça, o bafo cheirando a bueiro. Bebia pra criar coragem. Será que algum dia a água sobe as escadas e chega aqui no quarto? Será que esse dia é hoje? Ninguém nessa rua foi convidado pra arca de Noé. Se subir até aqui, aí fodeu pra geral lá fora. O salão da Dani não escapa. O Assis nem se fala.

Se liga: uma teia de aranha no mofo do teto me avisou que o efeito do tiro tinha passado e eu ia ficar assim, com vontade de me enfiar debaixo do asfalto, solto que nem aquela folha ali no redemoinho. Cheia de nervos. Um apito sem fim no ouvido e o doutor Moreira, a voz nasal que manda meter os vermes da cabeça em cadernos. Me manda fazer arte enquanto prescreve tarja preta. E continua sem olhar para mim. Conversa com a tela do computador. O mesmo babaca me fala pra ficar longe de objeto pontiagudo quando uso minha parada. Como eu vou escrever então, ô Moreira? Ele é dedo erguido com recomendações. Evite ocasiões de risco. Tente manter uma rotina. Se hidrate. Pratique esportes. É esporte bater na cara de otário, doutor? É esporte nadar na enchente? Eu vou lá nadar de barriga pra cima, bebendo a água que cai do céu.

Abro o caderno no batente. As mãos tremendo, escrevo o que vejo na rua. Um gato ensopado entre os cacos de vidro do muro, um piscinão de água com barro, telhados, fios e postes, a cara de uma velha assustada na sacada de um prédio. A folha que caiu em pirocóptero no aguaceiro e, ali do lado, um maluco sem camisa e uma sacola na cabeça, indo na direção do bar, na rua debaixo. Vai dar com a cara na porta. Pode esquecer bilhar e cerveja por lá. Não é trouxa, o Assis, estacionou o furgão na rua de cima. Certeza que a água já alagou tudo. Balcão, baleiro, sinuca.

Fogaréu com a Dani. Ela suava perfume, e eu enchia a boca. A gente tava pra juntar os panos, na primeira treta, eu saio batendo a porta e vou dar um rolê. Em pleno domingo à noite, dirijo pela avenida ouvindo um som. Tem dois amigos no posto de gasolina, latinha e cigarro no bico. Eles me dão um salve e me pedem pra encostar. Bora buscar uma parada ali, depois a gente volta pra cá ou cola num puteiro, um deles me diz. A gente entra no carro e sai na miúda. Escolhe a boca na frente da favela, do outro lado do córrego. E de lá vem a surpresa. Um braço sai de um Voyage e pega a encomenda. O carro manobra e passa do nosso lado. De fininho. No banco do motorista, no meio do breu da noite, vejo a cabeça de lua cheia do doutor Moreira, brilhando no escuro do insulfilm. Ih caraio, eu digo pros caras. Olha aí o médico do hospital lá de Itaquera. E eles desacreditados, me alopram, falam que eu tô viajando. A gente volta pro posto e começa o cheira-cheira. O movimento aumenta, gente que chega, compra cerveja e senta nas mesas em frente à loja de conveniência. Bando de pé-rapado, tudo liso, sem dinheiro pra colar em barzinho, rolê caro. A gente também não tem grana pro puteiro, mas ninguém toca no assunto. Entre uma latinha e outra, uma passada no banheiro pro refil.

Fiquei boneco. Não parava de falar, o olho tremia. Até tentava calar a boca, as palavras vinham pra fora. Eu tinha história pra contar. Mentiras. Era mais de três da manhã quando disseram que iam embora, tinham que trampar segunda cedo. Sozinho, eu penso em voltar pra casa, mas tem semanas que não passo no meu cafofo, só fico na Dani. Nem chave tenho, deixei na casa dela. Ela não pode me ver louco assim. Cozido. Se me pega, já era. Prometi que ia dar um tempo.

Entro no carro e dirijo pra um motel pulguento na Marginal Tietê. Peço um quarto e deito na cama. Frito com os olhos no espelho do teto. É hoje que eu vou morrer. O coração não bate, vibra. A voz nasal do doutor Moreira me pergunta se eu tô com medo, ele estica uma carreira no lençol e me oferece. Me pede pra não esquecer de praticar esportes. O Félix Sodré e outros dois capangas do agiota também entram no quarto. Eles vêm me cobrar, mas não querem só dinheiro, querem me matar. Aqui dentro não, o Assis grita lá da porta, a testa enrugada e cheia de pintas. Eu tô pirando, tô morrendo, repito para as paredes do motel e meu corpo torto se contorce no espelho do teto, se debate feito gato atropelado. Giro pra um lado e pro outro até capotar ao som dos gemidos de um filme na tevê.

A folha do redemoinho partiu pro córrego, foi pros lados da Dani. Ela também não é besta, a Dani. A parte debaixo da casa é só garagem. A gente sobe por uma escada lateral. Em cima que fica sala, cozinha, cabeleireiro e manicure. Ela deve estar espiando pela janela, fumando cigarro. Cabelos presos e decote suado. Na quarta-feira depois da noite no motel, não fui trabalhar e tomei um esporro do meu chefe. A Dani também nunca mais me chamou pra subir. Perdeu a paciência. Gostava de mim quando eu era responsável, tinha respeito pela minha família, pelo meu emprego. Eu vivia de camisa passada e sapatos. Nome e foto no crachá. Aí veio o rolê errado, as crises. Toda merda que eu ouvia de dia voltava à noite. O seguro precisa ser renovado, a conta de luz, a água, a meta trimestral, a visita da superintendência, passa o dinheiro ou é tiro na cara, por que o banco cobra essa tarifa? Vieram os furos no gancho da calça, camisas desbotadas, mancha amarela debaixo do braço. Noites de Assis, manhãs de ressaca. Fiados e outras dívidas.

Era desempenho o que eles queriam. Números. Que não bundasse como meu pai alcoólatra nem caísse em lamúria. E os clientes tinham que ser tratados como clientes. Mais assertividade, o gerente repetia. Arrume a gravata e feche o botão da camisa. Sem me dar conta, parei de almoçar, me escondia para fumar atrás da copa, no corredor dos fundos a céu aberto. O gerente lá dentro esperava performance. Pelo telefone, consórcio, crédito, capitalização. Em casa, eu perdia os chinelos e as datas das contas. Os ganchos das calças cada vez com mais furos, as solas soltas dos sapatos.

Agora me prendem nesse inferno e esperam que eu vire um escritor. Me mandam anotar nessas horas. Aqui dentro, as pontas dos meus dedos, amarelas. As unhas imundas, pretas, roídas. Lá fora, o gato nos cacos, os fios, os postes pela metade, os telhados das casas. O céu de cimento. Sem estrelas. Sem lua. Sem a cabeça do doutor Moreira que gira redonda. E que fala. E que funga. E que dispensa recomendações. Cabeça satélite, escondida atrás das nuvens, longe da inundação, do infeliz com a sacola na cabeça ali no meio da água, de olhos apertados e careta de chuva.

Na correnteza sumiu a folha da árvore. Deixou pra trás um rastro de galhos, garrafa de plástico e mais folhas irmãs. Na outra calçada, debaixo da água, eu sei que tem um pedaço da calçada carimbado com patas de um vira-lata. Uma dúzia de patas na mesma direção e as palavras "OLHA O NOIA". Todo mundo que passa pensa no cachorro e procura o noia. A enchente cobriu as marcas do asfalto agora, mas as patas continuam lá, as palavras também. Do lado da minha janela, uma barata saiu da caixa d'água e apontou as antenas pro aguaceiro. As baratas vão continuar aqui quando eu morrer. E a folha que desapareceu? A folha não, ela vai perder o verde e ficar seca, se afogar no córrego até o escuro de um bueiro, o vão de um cano. Com pedaços de lixo, rato e pombo morto. As baratas não morrem, vão durar mais que o Assis, já duraram mais que meus pais.

Na primeira hora a correnteza ainda não passava da guia da calçada. A tempestade ainda não era inundação. Depois minha sala virou uma piscina cheia de imundice e mijo de rato. As bitucas de cigarro e os papéis das contas boiavam na água marrom. Agora a enchente confunde o lixo de fora com o lixo de dentro. Aqui a rua já não separa mais as casas. Todo mundo mora no mesmo rio.

A bandeja e o déjà-vu

Só uma valsa de mil tempos
oferece aos amantes
Trezentas e trinta e três vezes o tempo
de construir um romance.

Jacques Brel, *"La valse de mille temps"*

Ana perdeu de vista o que restava da bandeja, os cacos de vidro e os guardanapos ensopados, os pedaços de baguete feito esponjas numa poça de vinho rosé. Não sabia explicar como foi parar ali no chão, a mão esquerda sangrando e a outra à procura de apoio, entre as mesas sete e nove de um café num país estrangeiro. Era a primeira vez que derrubava um pedido, mas acontecia de novo, um acidente previsível, *déjà-vu* bem debaixo do nariz. O estardalhaço silenciou a conversa dos clientes e todos os olhos choveram em cima da garçonete, incluindo os do *patron*, pouco surpreso com a cena.

Mal ecoou a bandeja, Ana correu para o banheiro querendo estancar o sangue na mão. Com a luz acesa, a sensação de *déjà-vu*: a caminho da mesa dezesseis, ela tropeça e lança a bandeja para a frente, espatifando duas taças e uma garrafa de vinho. A caminho da mesa dezesseis, ela tropeça e lança a bandeja para a frente, espatifando duas taças e uma garrafa de vinho. A caminho da mesa dezesseis, ela tropeça e assim até a torneira derramar um redemoinho de água vermelha na pia. O caco de vidro na palma da mão foi expelido, mas o líquido descendo pelo ralo embaralha a cena repetida com outras desconhecidas: ela é demitida pelo *patron*, o casal da mesa dezesseis se apresenta num festival de música, havia um rato na parede (ou no teto?) do apartamento. O *déjà-vu* é uma porta esquecida aberta, a luz acesa de um cômodo vazio, a página pulada de um livro. Será que ela bateu a cabeça quando caiu?

Era a primeira vez, mas parecia que de novo. De volta ao salão, o chão limpo pelo outro garçom, uma moeda esquecida no local da queda. Ana se abaixou para apanhá-la e percebeu uma pomba lá fora bicando a rolha do vinho quebrado como se fosse um pedaço de pão. Ao lado do bicho, balançavam os pés do casal da dezesseis à espera da garrafa de rosé, agora reduzida a pedaços no lixo. Não estava claro, no meio da fumaça do cigarro, se o sentimento era de pura impaciência ou de pena da jovenzinha estrangeira, talvez ela tenha que pagar o prejuízo com o próprio salário.

O redemoinho de água e sangue do banheiro escorria pelos ouvidos de Ana com a valsa que executariam durante o festival de música, e ela sabia que conhecia de algum lugar aquela canção, também não era estranho o ruído do rato dentro da parede ou no teto do apartamento, muito menos a voz monótona do *patron* no momento da demissão. Tem certeza que não bateu a cabeça? Ela ergue os olhos para um braço de sol que se infiltra no salão, por entre as folhas dos plátanos lá fora, e diz para si mesma que derrubar bandejas pode acontecer com qualquer garçonete apressada, o que a incomoda de verdade é que alguém ali dentro, o tal do *déjà-vu*, esse alguém talvez já soubesse o que ia acontecer e mesmo assim fazia questão de não avisar, e ela até pensou em dizer isso ao patron, que foi culpa do presságio atrasado, uma profecia tão preguiçosa que chegou depois de se realizar, o que com certeza soaria absurdo, essa ideia de lembranças-do-que-não-foi ali caçoando da sua distração. Também não seria possível explicar aquilo para o casal da mesa dezesseis, imerso na mesma fumaça espessa, cortinas dos bastidores para o festival. O único consolo é que, pelo menos agora, entre um e outro giro do torvelinho que sai da torneira, Ana já tem em mãos uma bandeja nova com pães e vinho intactos, basta se desculpar para os pedaços de gente no meio do nevoeiro de nicotina, a manga de um paletó lilás, o topo de uma cabeça ruiva e os pés de sapatos surrados. *Excusez-moi. Merci.*

Era a primeira vez, mas parecia que de novo. Um aceno e um sorriso do vendedor de souvenirs lá fora, com seu lençol aberto e expondo sabonetes em formato de cigarras, camisetas estampadas, perfumes de lavanda. Lá dentro, uma voz chama pela garçonete. Fritas, croque *monsieur* e salada caesar para a mesa cinco. O *patron* articulava bem cada palavra para que a brasileira entendesse, e pedindo para ela tomar cuidado dessa vez. *D'accord, patron*, Ana respondeu e voltou-se ao salão com a devida cautela para não tropeçar no mesmo lugar do tombo de há pouco, a morada do *déjà-vu*, entre a mesa sete e a nove, e se dirigiu a um trio de turistas rosados em torno do mapa da cidade com um *bon appetit*.

O serviço do salão pede para seguir adiante, mas permaneciam os rastros de um futuro que ela não tinha botado ali. Tamanha a vontade de prevenir outras quedas, ela descobre memórias do que não viveu. Agora sabe, sem saber, que o casal de músicos não deixaria gorjeta quando fosse embora, embora simpatizasse com ela e voltasse ao Café outras vezes antes da apresentação no festival de música. Numa dessas ocasiões, eles se chamam Hugo e Lucie, oferecem uma taça de vinho rosé e perguntam do Brasil, estiveram na Bastilha em 2005 e viram o então Ministro músico brasileiro com o grande cantor da Guiana Francesa. Em outro momento, apresentam-se na praça ensolarada, cantam a bendita valsa *musette* que não sai da cabeça de Ana, pela primeira vez mas também de novo, a ruiva toca enfática o *acordéon*, o homem com um terno e orelhas gigantes, para frente e para trás, como um plátano preso num pêndulo.

E o patron poderia ser mais compreensivo. Não bastassem todos esses meses sem entender o idioma direito, Ana pulando de lugar para o outro, primeiro de faxineira, depois de *au-pair*, até virar garçonete e descolar aquele apartamento caindo aos pedaços, que só cabia no seu bolso justamente por ser minúsculo. Não bastasse dividir 25 metros quadrados com um rato coberto de doenças e que ameaçava o estoque de comida, agora havia o risco de ser demitida. Entre os vultos que passam por ela, no redemoinho de água e sangue, o *patron* também teria dito que *c'est pas possible*, a bandeja é pequena demais ou são muito grandes os pés da garçonete. Por que não consegue atravessar o salão de maneira decente? E outras perguntas tropeçam e se atropelam esbaforidas, tentam fugir da prisão do *déjà-vu*: será que ele vai ter coragem de descontar do salário, o que fazer se for mandada para a rua? Mas o *patron* sempre tão dócil, *la petite pauvre* só pode mesmo ter batido a cabeça.

As dúvidas são interrompidas por dois jovens na mesa onze. Migalhas de crepe de chocolate, resto de licor de anis, um charuto fumado até a metade. A conta, por favor, eles pedem. Tem um rato no meu apartamento, Ana responde. O quê? Um rato, ela repete, dentro da parede ou no teto, não tenho certeza, ainda não vi, mas sei que está lá. Você já tentou veneno, pergunta um deles, óculos de sol e camisa de time de futebol. Aqueles granulados rosa, sabe? Parece carne moída. Funcionou lá em casa, garantiu, e voltou à conversa em árabe com o amigo.

Era a primeira vez, mas parecia que de novo. Rumo ao balcão do café, Ana apanha palavras em francês, um *pas de problème* ou um *c'est ça, c'est ça*, o ruído das bocas logo evapora entre os lustres do salão, entre os galhos e as folhas dos plátanos lá fora. Circulando pelos corredores de clientes e assentos estofados que contornam o lugar, é como se já fosse madrugada e ela subisse os quatro andares do seu prédio, pela espiral dos jogos de escada, que talvez gire no sentido oposto do sangue diluído na água da pia do banheiro, como se ela subisse os quatro andares para procurar o rato dentro da parede ou no teto, raspando e chiando, roendo uma baguete, uma batata e uma cebola, polvilhando o chão com patas sujas de cuscuz marroquino. O ruído repetido e o bicho que se esconde no meio da noite, assim como Ana depois da demissão que ainda não aconteceu. Na outra calçada, o vendedor de *souvenirs*, boné na cabeça e um dente a menos. Aqui na mesa dezesseis, começa com J o nome do cantor na capa do livro de partituras, que serve de apoio para a acordeonista bolar seu cigarro, a cabeleira ruiva escorrendo sobre um rosto triangular, dividido ao meio pelo nariz pontiagudo, ela pergunta se Hugo quer mais um. *Pourquoi pas*, ele responde, e dá um peteleco numa bola de cera invisível que tirou da orelha, a outra mão desenhando semicolcheias e pausas no caderno de música aberto sobre a mesa.

Na linha paralela riscada pelo *déjà-vu*, na mesma página pulada pelo leitor distraído, a luz acesa daquele cômodo vazio, aquela porta que ainda não foi trancada, Ana já sabe que os músicos estão de férias mas não queriam perder a oportunidade de um cachê enquanto conhecem melhor o sul do país. Visitariam o ateliê do famoso pintor pós-impressionista, veriam o cenário de sua natureza-morta, o pequeno museu com esculturas suíças e quadros cubistas. Fariam fotos da montanha que fica atrás da cidade e tem nome de santa. Ainda desceriam para Marselha e então subiriam para Avignon, rumo ao festival de teatro que começava em poucas semanas. Antes tocariam na praça central, sem quase trocar palavras durante o show. O repertório apenas. Dedos e cordas vocais, música que passa como descarga elétrica pelos nervos de Ana, pelos músculos contorcidos ainda, quando ela se desloca entre a sete e a nove, lugar do acidente, primeiro vagão de um trem cheio de cabines e janelas, um trem que parte pela primeira vez, mas logo volta à estação e recomeça a viagem.

Bandejas empilhadas no balcão servem de espelho para o salão do café. Será que se ela derrubasse outra escaparia da alucinação que sequestrava sua vida, criando uma brecha temporal onde vai ser e não vai ser demitida, tem e não tem noites de insônia, conhece e não conhece o dueto francês, bateu e não bateu a cabeça? Talvez fosse preciso repetir tudo como da primeira vez, quando, a caminho da mesa dezesseis, ela tropeçou e lançou a bandeja para a frente, espatifando duas taças e uma garrafa de vinho, mas não seria capaz, os aromas tão conhecidos que agora caminharia às cegas, apenas guiada pela gordura nos pratos, a mostarda de um assado, o grude da cerveja no chão. Havia também os clientes, os vapores, os perfumes, o som dos talheres na porcelana. Às vezes ela afunda no mar de pessoas, se afasta do *patron*, da sua cabeça atrás do balcão, de um lado para o outro, do seu pomo-de-adão saliente que quase fura a pele do pescoço, da sua testa que se prolonga até o meio do crânio. Aos sábados ele aparece uma hora depois das portas abertas, o banheiro deve estar limpo, o piso do salão varrido, as baguetes em pedaços, a pilha de cardápios no púlpito da entrada. Um detalhe fora do lugar e ele balança a cabeça. Estivesse tudo em ordem, silêncio e olheiras. E Ana não era assim tão negligente com pedidos nem pessoas. Fora do trabalho, quando um desconhecido acenava na rua, mesmo que não fosse claro se o gesto era para alguém que vinha logo atrás, preferia responder e errar pelo excesso de educação, também não era exigente, nunca ligou para os caroços das uvas, para a comida vencida, nem para quem espreme o meio do tubo da pasta de dente, não teria problemas caso precisasse morar com alguém, e talvez fosse mesmo necessário, as gorjetas cada vez mais raras, as bandejas e as taças que deram para desabar, cortar as palmas das mãos que servem as pessoas. Que encontraria dificuldades já sabia, alguns falaram de adaptação, outros do frio e da conta de gás. Estava aprendendo o francês, não faltou a nenhuma aula, sabia as diferenças dos sons nasais, do *tu* para o *vous* no tratamento das pessoas, dizia *voilà* quando trazia para a mesa um ragu fumegante. De tanto dar o valor das contas aos clientes, não achava mais tão difícil assim os números acima de sessenta nem se detinha em longos cálculos para entender que *soixante-dix-neuf* era setenta e nove, ou *quatre-vingt-onze* significava noventa e um. Se divertia com as pequenas surpresas da língua, descobrir que sou pobre de marré deci era morar no bairro do Marais ou à beira de um pântano ou então que apenas desejava dar logo o fora dali. Tomar ônibus, pedir informação, ir à farmácia, talvez fosse mesmo questão de tempo para se habituar, um tempo para frente, não aquela repetição, a impressão de patinar com bandejas sem sair do lugar, de estar sempre prestes a cair, pela primeira vez e de novo.

A cinco reclama do outro pedido atrasado, os mesmos turistas rosados em volta de cervejas e amendoim. Um euro de gorjeta na mesa vazia dos garotos que falavam árabe. Lá fora, a barraca do vendedor de *souvenirs*, ele já pediu o telefone da garçonete algumas vezes desde que ela começou a trabalhar no café. Na quinze, o que restou de uma tábua de charcutaria e queijos. No apartamento à noite, Ana recheia de veneno o último pedaço de brie da geladeira, espalha outros granulados pelo chão e debaixo dos móveis, pela pia e em tudo o que estivesse no caminho do rato invasor. Dormiria mal naquela noite, os ruídos regulares dentro da parede ou no teto. Pela manhã, na frente da pia, o pequeno roedor marrom a esperaria com as patas para cima, espumas e um fio de sangue ainda úmido no focinho. O corpo do bicho rolaria com morosidade para uma pá de aço encardido, deixando sua marca melada no chão.

Vocês tocam valsa?, Ana perguntou ao casal diante do livro de partituras. Tocamos o que o público pede, respondeu Hugo sem levantar os olhos, com uma distância que desaparecia quando ele estava no palco e encarnava o famoso cantor belga, conforme Lucie abria e fechava o *acordéon* no ritmo da valsa de mil tempos. É a mesma canção do festival de música, também a mesma que circulava nos ouvidos de Ana, no fundo do *déjà-vu*, e que ainda insistia em girar como o redemoinho de água e sangue na pia do banheiro, como um carrossel infinito, um *déjà-vu* repetindo que as escolhas são todas definidas de antemão, que não há espaço algum para vontade própria naquela cidade estrangeira, coberta de plátanos e tons amarelos, e agora também do rosé derramado com taças e pedaços de pão, entre as mesas sete e nove, sob os olhos do *patron*.

Sujeita a guincho

Tia Isabel passava o dia na garagem de casa, vigiando a rua. As mãos apoiadas no portão, a cabeça de um lado para o outro, ela impedia qualquer veículo de estacionar na entrada. Bastava um carro arriscar baliza, ela gesticulava um "não" enfático. Apontava para a placa de "Proibido Estacionar" e saía aos gritos de Pode esquecer, pode sair, aqui é garagem, pode esquecer!

Nos primeiros anos de escola, eu tinha aula pela manhã e à tarde ficava com tia Isabel até minha mãe chegar do trabalho. A perua escolar mal parava na porta, ela vinha me buscar apressada. Quanto antes o motorista saísse da frente da garagem, melhor. Os passos pesados, os chinelos presos entre os dedos, botava minha mochila nas costas e me dizia indo para a cozinha:

O almoço tá pronto, Thi, tem salada, arroz, feijão branco e mocotó.

Eu comia, fazia o dever de casa e ficava deitado no sofá com a tevê ligada. Folheava os mesmos gibis do Chico Bento e dormia no meio das páginas. Ela agitava os braços flácidos e ia para a garagem regar as plantas, dar alpiste pro canário, varrer a calçada. Quando se cansava, acendia um cigarro e colava a barriga na grade descascada do portão.

A rua vivia movimentada por causa da padaria, do autopeças, do mercado e de outros comércios. As vagas sempre em disputa. Restavam as saídas de garagem e as guias rebaixadas. Nem sempre tia Isabel conseguia evitar que alguém parasse na frente da casa. Precisava deixar seu posto para apagar o fogo da panela de pressão ou estender a roupa no varal. Se na volta topasse com algum carro no lugar proibido, anotava a placa e ligava correndo pro guincho. Discava o número da companhia de tráfego e batia o pé inquieto no chão sem tirar os olhos do veículo parado. Enquanto tocava a música de espera do outro lado da linha, ela acendia um cigarro e conversava com o infrator invisível. Mandava o motorista fantasma preparar o bolso para a multa, para a diária no pátio da polícia e para os quatro pontos na carteira. Eu não entendia muito bem o que significava os quatro pontos na carteira, pela cara da minha tia devia ser algo muito ruim. Assim que a denúncia era atendida, assistia com gosto à cena do carro rebocado pela CET, ia conversar com o homem do guincho, dizia com precisão quanto tempo o veículo estava ali parado sem ninguém aparecer. Certa vez até bateu palma quando viu a caminhonete da prefeitura suspender uma Fiorino branca. O dono chegou mais tarde e topou apenas com o cavalete da companhia de tráfego. Tia Isabel esperava atrás do portão de braços cruzados e segurando o riso:

Que que eu posso fazer, meu filho? Eu preciso da vaga, você não viu a placa, a guia é rebaixada, tem garagem, se você estaciona, não dá pro carro entrar, aí como é que eu fico, hein? Como é que eu fico?

Não arredou o pé nem mesmo da vez em que um sujeito mal-encarado veio bater boca na frente de casa. Parecia rinha de cachorro. O marmanjo chegou dando bica no portão e xingando minha tia de filha da puta.

Vai arrumar o que fazer, sua velha.

E você vai falar assim com a sua mãe!

Eu rodeava a briga sem saber como agir. Esse cara não é de nada, tia, mostra pra ele, arriscava às vezes, mas na maioria dos casos eu permanecia calado. Convivi com meu silêncio por boa parte da infância. Na casa da tia Isabel, na escola, e nas festas de família. Tinha vergonha da minha língua presa. Palavras como "leite quente", "chocolate" e "sorvete" viravam "leitsch quentsch", "chocolatsch" e "sorvetsch" na minha língua. Era motivo de piada. Meus colegas de escola imitavam a chiadeira molhada que vinha do fundo da minha boca.

Oi, Tschiago, tudo bem?

Quer refrigerantsch?

Pra que tschime você torce?

Com oito, nove anos, durante meses tentei evitar palavras que tinham esse chiado. Em vez de refrigerantsch e sorvetsch, passei a pedir guaraná e picolé. Em vez de futschebol, eu preferia jogar bola. Arriscava dizer "t" em vez de "tsch" para falar "leite quente".

A pronúncia de improviso só piorava a caricatura.

Uns me imitavam: Chegou o LeiTE QuenTE.

Outros estranhavam: Tá falando assim por quê?

Virou pagodeiro, é?

Até parece pandeiro.

O silêncio que eu deixava na casa era ocupado pelos ruídos daquela rua em movimento, pelo piado tímido do canário e pelas reações da tia Isabel na garagem. Bocejos, bate-boca ("nem pense em parar aí", "tá maluco", "babaca é você"), aplausos diante do herói do guincho ou do policial enfiando multa no para-brisa do carro mal estacionado. Ou ainda a algazarra da corrente que trancava os dois portões, o gemido das dobradiças enferrujadas. No fim da tarde, esse som anunciava a chegada do meu tio Eduardo, que vinha do trabalho num escritório de contabilidade no centro. Tia Isabel abria o caminho sem disfarçar a satisfação de quem protegeu a entrada durante o dia. O Chevette mal cabia na garagem, a traseira se encaixava perfeitamente na bunda do portão, que projetava sua curva sobre a calçada.

Com a chegada do meu tio, restava reservar a vaga para minha mãe, que me buscava mais tarde, ou para a tia Vânia, que vinha tomar café, reclamar do marido e pedir dinheiro emprestado. Podia também acontecer uma emergência, nunca se sabe, vai que precisam sair com o carro, correr para o hospital, acudir um parente?

Quando minha mãe me deixava a noite inteira na casa da tia Isabel, eu percebia como seu tempo na garagem diminuía depois do jantar. Ainda acendia um cigarro e espiava o portão vez ou outra para ver se ninguém estacionava ou tocava no cadeado enferrujado. Na maior parte do tempo se distraía com palavras-cruzadas no sofá do lado do tio Eduardo, que ligava a tevê e torcia pro seu time não ser rebaixado no Campeonato Brasileiro.

As tardes eram mais longas que as noites na casa da tia Isabel. O tédio aparecia na forma de um braço de sol que iluminava a poeira no ar no meio da sala, um quadro com paisagem desbotada de cachoeira e um salmo bíblico ("O Senhor é meu pastor..." ou "Tudo posso naquele..."?). O tédio era o pio agudo do canário confinado, o relógio branco da cozinha, um círculo com números e um galo português apontando com as asas as três da tarde. O tique-taque batia entre o ruído dos carros que passavam lá fora, carros que deviam ser os ponteiros do relógio da tia Isabel. Uno vinho duas portas, Gol branco quadrado espirrando turbo, Corsa preto filmado, Escort azul rebaixado, cada marca, cada placa e cor, uma novidade – e também uma ameaça. Quem seria o próximo infrator? Quem ousaria estacionar naquele retângulo sagrado?

Mais de uma tarde fiquei de pé do lado dela no portão, tentando descobrir o que tinha de tão especial naquele cenário de postes, fios, bueiros e comércios. O lugar mais atraente para mim era a loja de doces do outro lado da rua, um salão de quinze metros quadrados escondido atrás de um toldo que um dia tinha sido vermelho. De trás do portão, eu via a cabeça cacheada e dourada da atendente lá no fundo da loja, entre o baleiro, as caixas de chicletes e o pé-de-moleque, a cocada, o doce de abóbora em formato de coração. Se ainda sobrava moeda da mesada, pedia para atravessar a rua. Tia Isabel me olhava ir e voltar sorrindo com as guloseimas. Eu deitava no sofá e apagava entre papéis de bala e os mesmos quadrinhos do Chico Bento.

Meu tio parecia incomodado de me ver largado no sofá coberto de páginas de gibi e papéis de bala, com um pé apoiado no encosto, os braços abertos e sem direção. Uma noite chegou do trabalho bufando. Me chamou na cozinha e me mandou sentar de frente para ele:

Cê tem que deixar de ser abobado, fica só lendo essas revistinhas e vendo porcaria na tevê. Precisa aprender a falar direito. Se a gente não fala direito, os outros passam por cima. Tenta pronunciar as sílabas devagar, sem pressa. Fala 'Corinthians'.

Corintschians.

Não, não. Co-rin-THI-ans.

Co-rin- TSCHI-ans.

Co-rin...

E ele parava no meio da silaba "thi" de Corinthians, escancarava os dentes amarelos num sorriso contorcido, esperando que eu fizesse a mesma coisa. Meu tio não tinha quase nenhum fio na cabeça, a pele lisa e parda da careca se enrugava na testa, desaparecia atrás das sobrancelhas, duas lagartas pálidas e cansadas, e reaparecia nas olheiras roxas. A careta me encarava. Eu repetia o exercício até que ele fizesse sim com a cabeça, como se o sobrinho abobado tivesse enfim conseguido corrigir a pronúncia. A verdade é que ele se cansava logo da brincadeira e não queria me desiludir.

Mas por que eu tenho que dizer Corinthians, tio?

Ué, você não se chama Thiago? Se consegue dizer Corinthians, também vai conseguir dizer seu nome. E sem parecer um idiota.

No meio de uma festa de aniversário ou uma ceia de Natal, ele me interrompia a fala com o sorriso contorcido, tentando me lembrar a pronúncia correta. Se zombassem do meu jeito de falar em qualquer ocasião, eu revia a cabeça careca e enrugada do meu tio, que se juntava à risada coletiva. Ele até se empolgou uma vez e foi além da pronúncia dos "tis", inventando teorias sobre a hora certa de abrir e de fechar a boca. A gente tem que aprender a falar direito, mas às vezes é melhor ficar quieto que falar merda, ele dizia.

Já minha mãe estava de saco cheio do cunhado. Ela reclamava com a tia Vânia pelo telefone. Até gostava dele, mas meu tio não cansava de abusar da esposa:

Você sabe, ele adora uma farra. Último fim de semana sumiu por uma noite inteira – ela encarava as unhas da mão antes de escolher qual roer. Estressado do trabalho, precisava descontrair com os amigos, essas patacoadas. Se você quer saber a verdade, ele vai é com as putas, isso sim. Encheu a cara no último fim de semana, perdeu a carteira, deixou minha irmã sem dormir. E ela de vigília, que nem besta naquele portão.

Minha mãe não se importava que eu ouvisse conversas como essa porque achava que eu nunca diria nada a ninguém. Culpa do meu jeito abobado, daquela língua mais presa que o canário mirrado na gaiola da tia Isabel. E ela não estava errada. Quando uma parte dos meus colegas de sala passaram a me chamar de "Chiado" em vez de "Thiago", principalmente depois de eu responder uma pergunta da professora de Matemática com a palavra "vintch", depois desse dia, achei que estaria condenado ao silêncio pelo resto da vida. Não imaginava que os anos viriam e me levariam da infância para a adolescência, anos que hoje me parecem uma geleia grudada num canto confuso da minha cabeça, um mingau de vozes e ansiedade, esses anos vieram e levaram embora meu chiado e me devolveram meu nome, sem explicação. Foi tia Vânia quem me disse que eu estava falando "direito". Não me dei conta de imediato, não sei que alavanca foi puxada no meu cérebro ou na minha boca. Mesmo sem nunca ter ido a um fonoaudiólogo ou qualquer outro médico, eu enfim conseguia pronunciar os "tes" e os "tis" como todo mundo.

E por ser mais velho agora eu também podia ficar sozinho em casa, ainda que não perdesse a oportunidade de filar a boia na tia Isabel. Não abria mão do mocotó com feijão branco, melhor ainda quando o prato vinha acompanhado de farinha e pirão. Nesses almoços, percebi como crescia a tal obsessão da minha tia pelo portão. Ela tinha passado a ir para a garagem com pregos e um cabo de vassoura. Riscava a lataria e furava os pneus dos carros que estacionavam, tinha adotado um cachorro e ensinado a latir para intimidar quem se atrevesse.

Olha aqui, Thi, agora com o Dino ninguém mais vem me xingar por causa de carro guinchado, dizia dando tapinhas na cabeça do novo companheiro, um vira-lata preto de sobrancelhas amarelas.

O portão não era mais preso por uma corrente, assim ela podia sair rápido quando alguém estacionava. Se soubesse que ia receber visita, esperava do lado de fora, em cima da vaga. Passou a não querer sair de casa. A recusa aumentou na volta de um aniversário da tia Vânia, quando ela topou com um carro estacionado em frente à garagem. Eu não posso mesmo baixar a guarda, resmungou. E o hábito resistiu até mesmo a uma das piores perdas da sua vida, anos mais tarde, quando eu já tinha deixado de ser um estudante do ensino básico para fazer faculdade e viver de estágios e bicos mal pagos, dinheiro que sequer servia para parcelar um carro caindo aos pedaços e alugar um quarto perto da faculdade – isso até eu ser demitido no último emprego, segundo meu chefe, eu vendia de menos e falava demais, não dava pra continuar assim, havia metas a bater. Tio Eduardo morreu de um ataque do coração nessa mesma época em que eu vivia desempregado. Fechamento de ano no escritório de contabilidade, período sempre mais difícil, empresas calculando décimo-terceiro e recesso. Ele usava isso como desculpa pra viver na rua. Mal chegava em casa, já precisava relaxar com os amigos, como dizia pra minha tia, e ia pro boteco, o clube de bocha, com as putas, sei lá mais aonde.

Também eram as últimas rodadas do Campeonato Brasileiro, o time dele mais uma vez à beira do rebaixamento. Estava assistindo ao jogo no boteco perto de casa na noite em que teve o mal súbito. O centroavante marcou de cabeça no finalzinho da partida, salvando o time da degola. Tio Eduardo comemorou com um grito e caiu duro pra trás. Os amigos do bar disseram que "gol" tinha sido sua última palavra.

E por mais que minha mãe reclamasse do meu tio, a morte parecia ter abafado a raiva. Estava bem abatida no dia do enterro, a cabeça baixa olhando para as mãos juntas em formato de concha. Tia Vânia também parecia um caco, despenteada e com a camisa do avesso, não saía do lado da viúva, que permaneceu o tempo todo junto do caixão. Tia Isabel fumava um cigarro atrás do outro. Tinha os olhos molhados, porém sérios, os mesmos de vigia da garagem, as sobrancelhas curvadas para a careca e a testa enrugada do falecido.

As irmãs tentaram aproveitar a brecha para arrancar minha tia da garagem, mudar sua rotina. Fizeram o que podiam. Tia Vânia propôs que morassem juntas. Minha mãe fez um convite para uma viagem pelo interior do Maranhão, elas poderiam matar a saudade de alguns parentes, passar o Natal e o Ano-Novo em São Luís. Mas parece que tia Isabel só abandonou o posto junto ao portão até a missa do sétimo dia. Uma semana depois, lá estava ela com o cachorro Dino e o Chevette do tio Eduardo. Não apareceu mais em nenhum encontro da família. Aniversário, casamento, Natal, nada. Pelo telefone e se recebesse visitas, deixava visível a mesma obsessão. Poucas palavras, os olhos na rua.

E eu cheio de palavras, sílabas e ideias. O dia de pernas pro ar na república universitária, em bares ou na casa dos meus pais, compensando os anos de silêncio com a língua solta. Conversava com desconhecidos e durante as aulas da faculdade. Queria aprender idiomas, amarrava assuntos que não tinham relação e continuava só por continuar, às vezes sem ninguém pra me ouvir, capitão de um navio escandaloso e sem passageiros, navegando no mar da minha própria voz. Se eu fosse um personagem das histórias do Chico Bento, eu seria minúsculo, ficaria no canto dos quadrinhos, o resto do espaço seria apenas para os balões e as palavras. E quando um chefe balançava a mão para baixo, me pedindo para falar menos ou se um professor me chamasse a atenção na sala de aula ou ainda no primeiro shhhhh que eu ouvia no cinema, a primeira imagem que me vinha à mente era a cabeça redonda do meu tio Eduardo, a pele enrugada na testa, as sobrancelhas como lagartas pálidas e cansadas, o sorriso contraído me pedindo para repetir "Corinthians".

Cansada de me ver assim à toa e de me perguntar sobre entrevistas de emprego que não tinham futuro, minha mãe me mandou uma mensagem pedindo que eu fosse ver tia Isabel no início das férias:

Ela não anda nada bem, a casa cheia de lixo, o portão vive aberto. Deu pra ficar na calçada o tempo todo, peitando as pessoas, falando sozinha.

Minha tia cada vez mais solitária tinha se deixado engolir pela própria obsessão. Eu sabia que minha companhia não faria milagres diante da sua mania, mas fui até lá disposto a entrar em uma briga com um motorista mal-encarado ou ficar de vigia na garagem enquanto ela tirava as roupas do varal. A gente poderia falar do meu tio, do movimento da rua, do feijão branco com mocotó, assunto não me faltava.

No caminho, farol vermelho. Fora do carro, meu bairro que dormia na tarde do domingo. Os portões descascados, a pichação na porta de aço dos comércios fechados, os toldos cobertos com a poeira da poluição, buracos na calçada, uma praça que também serve de academia, os aparelhos enferrujados. Na esquina, a escola onde estudei até a quarta série. O grafite no muro era o nome de alguém que já morreu. Não trazia mais as mesmas personagens de quadrinhos. Chico Bento, Rosinha, Zé da Roça, Zé Lelé. Eles tinham cedido o lugar a grandes figuras da humanidade que se reuniam de forma arbitrária. A papelaria em frente à escola não existia mais, os orelhões tinham sido arrancados. Era a primeira vez que eu sentia um calafrio nas costas me perguntar se eu me afastava do passado com os anos ou se, à toa e desempregado, apenas girava em círculos para voltar àquele ócio das tardes na casa da minha tia.

Virei a esquina e avancei lentamente pela sua rua. Logo vi uma barraca, cones de trânsito e caixas de papelão na frente do portão. Uma cabeça de cabelos grisalhos saiu pelo vão da lona, e eu parei no meio da rua. Tia Isabel se levantou e veio na minha direção com o Dino amarrado por uma corda – agora cego de um olho e sem o vigor de outros tempos. Ela me pediu para esperar um pouquinho e saiu balançando os braços flácidos. Parecia puxar de uma perna. Lá dentro, sacos pretos, garrafas e papéis recheavam a garagem. A gaiola do canário vazia, nenhum sinal do Chevette do tio Eduardo. A casa era um depósito, e minha tia tinha se mudado para a vaga proibida junto à guia, seu novo lar.

Ela limpou o caminho às pressas, esvaziou a barraca e arrastou tudo para a calçada. Depois se aproximou mais uma vez da janela do carro com um sorriso ofegante, os dedos apontados para o mesmo retângulo de asfalto vigiado durante tantos anos, a vaga sagrada na frente da casa:

Pronto, meu sobrinho. Pode estacionar.

A higiene dos pombos

– Sim, sim. É espantoso o brilho do absurdo.

João Silvério Trevisan, *"Dois corpos que caem"*

Dora soprou quente no embalo do vento. Inspirou pelo nariz contando até três. Expirou pela boca, contando até seis. As mãos úmidas de suor, os pés sujos de poeira.

A força da gravidade parecia densa, pesava sobre os ombros e os joelhos. O ar frio provocava os mesmos arrepios de minutos antes, quando ela estava no mirante de um centro cultural na avenida Paulista e quase foi sugada pelo impulso de pular no vazio, atravessar os dezessete andares até o chão.

A temperatura em queda com o fim da tarde, ela puxou a manga do suéter que escorria pelo ombro. Insistiu na respiração. Quatro. Cinco. Seis. Ainda se recuperava do susto recente, fechava os olhos, mas a vertigem não queria ir embora, ainda a assombrava pelo que podia ter acontecido. No escuro das pálpebras, um corpo tombava na vertical, pernas se rompiam no asfalto.

Dora morava longe do centro, mais de uma hora e dez reais de distância, além da última estação da Linha Vermelha do metrô. Dois anos que tinha terminado a escola, entre as mais espertas da sala; ainda não era o bastante para entrar na faculdade. Teve que trabalhar de dia e fazer cursinho à noite. E outra vez não tinha sido aprovada, outra vez não aparecia entre os convocados para a segunda fase. Nenhuma Dora da lista levava seu sobrenome. Na última semana, depois da descoberta, as lágrimas melaram a bochecha suada, escorreram com o rímel no rosto, desapareceram na água do chuveiro. Levaram três dias para secar e deixar os olhos livres, dar espaço para um desgosto ainda tímido, mirrado. Restava algum dinheiro de fim de ano na conta, ela tinha o direito a um passeio. Quando despontou na avenida Paulista pela manhã, foi recebida pelo sol, pedintes e ciclistas, pombos entre chicletes e bitucas. A voz de um pastor abafada pelo saxofonista. Quando despontou na avenida, sacou um pedaço de papel com a lista de tudo o que faria naquele dia, ideias que teve enquanto pintava as unhas, palavras escritas durante o longo caminho do seu bairro até o centro. Masp com Portinari e Tarsila, rua Augusta, um piercing no lóbulo, comprar uma revista de moda. Salada com falafel e cerveja na calçada. Por último, visitar o centro cultural e tomar um café no terraço com vista. Reserva feita no site.

Agora no banco da praça, a concentração se perdia durante a contagem, os números eram trocados por perguntas e lembranças. As pessoas ao redor, Dora não entendia como elas ignoravam a força da gravidade, como elas caminhavam, faziam compras, tomavam sorvete de chocolate sem sentir essa atração da terra que mantém os pés presos no asfalto, que deixa rígida a coluna e equilibra a cabeça, não entendia como essas pessoas bebiam cerveja nas sacadas, faziam trilhas pelas montanhas, voavam de helicóptero e asa-delta, tocavam projetos em escritórios nos topos dos prédios sem pensar que aqui embaixo um chão duro estava à espera.

Dizia para si mesma que o pior já passou. Não estava mais no topo do prédio, não havia por que ter medo. E repetiria isso até que fosse verdade. Era preciso sair de si mesma, tomar distância. Isso, distância. Talvez altura não fosse mais que a distância entre um ponto e o outro, alguns metros a mais que nos impressionam porque estão na vertical, fazem ver mais longe e deixam tudo pequeno, incluindo nós mesmos. Ela estava num lugar mais seguro agora, sentada no banco de um parque, entre moitas e alamedas que se esvaziavam com o fim da tarde, assim como os dias daquele ano sem fim.

Poucas pessoas ao redor. Um casal de adolescentes, um homem correndo com fones, a menina brincando na terra de costas para a mulher ao celular. Como era difícil permanecer ali, manter a contagem e a respiração. Dora logo voltava a sobrevoar terras proibidas, mirantes, montanhas, terraços de onde se pode cair. Perfurava desfiladeiros e interrompia os números. Especulava se dá tempo de contar até dez, se falta ar até o chão.

Entre o dois e o três, os olhos toparam com um pedaço de pão junto aos pés. Alguém passou a sua frente na praça e deixou cair um petisco para o pombo encolhido, que se aproximava olhando de lado. Dora tentou um chute mas a perna não se mexeu, ela ensaiou um sai-daqui-bicho-nojento, mas o bicho nojento não podia voar, a asa direita quebrada, o corpo molhado e com rugas, ele apenas simulou um pulo e deu meia volta, os dedos vermelhos ciscando como garfos em prato de asfalto.

A expiração se interrompeu entre o três e o quatro, os músculos contraídos. Ela se perguntou se era o medo que paralisava suas pernas. Sentiu vergonha da cena no topo do centro cultural, todo mundo assistiu a sua covardia. Alguém pega um copo d'água. Isso é pressão baixa. Coração não pode ser, ela é tão novinha. Queria não ter passado pelo constrangimento, acreditar que medo nem sempre é falta de coragem, às vezes é uma dúvida intrometida entre querer e fazer, a sombra projetada na parede enquanto a criança dorme no escuro. Dizem que é instinto, ajuda a sobreviver na selva. Medo seria bom para fugir de predadores se Dora fosse um roedor ou um antílope. Ela chegou a ver o topo da cidade de cima do centro cultural, teve peito para chegar até ali. As unhas vermelho-tomate fora da sandália, pela plataforma estreita até a proteção de acrílico, na ponta do abismo. Ela viu: fios e antenas, prédios brancos no planalto, a avenida lá de cima, em linha até a parede de edifícios.

E então um apito. Vozes no escuro. Braços e unhas. Número um, número dois, número três. Alguém se aproximou e a afastou do mirante. O que aconteceu, mocinha, precisa de ajuda, está passando mal. Aconteceu que ela não suportava altura, aconteceu que ela se sentiu sozinha, aconteceu que se ela tivesse passado na faculdade, uma revolução na sua vida, uma nova história para a família. O que faria agora sem essa saída? Dora foi levada para a enfermaria mas parte sua havia saltado lá de cima e continuava caindo. Ela se via pequena no caminho da queda, sete anos em um parque de diversões com a mãe. Pedia pelo amor de Deus que a deixassem descer da roda gigante, e nem o amor de Deus nem o dos homens apareceu, o que a trazia de volta ao momento presente era um comprimido e um copo d'água, a braçadeira que apertava o braço enquanto o enfermeiro tirava sua pressão.

Dora mal desconfiava quando tinha saído de casa pela manhã. No princípio era um passeio. Esse era o plano, um dia no centro. Domingo, pela grande avenida, entre barracas e músicos, a bolsa cereja, a passos pequenos. Cereja também o batom, um tom acima das mãos, quase maçãs, as unhas dos pés de puro tomate. No ombro direito, a alça da bolsa, dentro da bolsa, um celular e uma conta, e na conta, números de vida adulta. Ela sonha com viagens, idiomas, dilemas amorosos. O ano acabava, Dora não ia viajar nem se preparar para a segunda fase do vestibular, tinha algum dinheiro para sair, ver lojas e a decoração de Natal.

E quatro, no começo do dia, e cinco, ela não imaginava, e seis, que usaria esses mesmos números do banco para contar o ar que sai dos pulmões. Um, não sabia, dois, que teria de ser paciente como aquele pombo da asa quebrada que agora mirava o pedaço do pão com metade do rosto, apenas um olho. E três. A asa encolhida, fraturada há dias talvez, o osso calcificado no lugar errado, uma corcunda, um, alguém precisava, dois, quebrar de novo esse osso e devolvê-

-lo ao seu lugar correto de asa. Três, mas o pombo não sabia disso. Quatro, num gesto de higiene pessoal, cinco, fisgava a própria carne debaixo das penas, como se guardasse um segredo ali dentro. Seis, e voltava a fixar o pão, a olheira nos pés sujos de Dora, a marca da tira da sandália.

Ela conseguiu mexer as pernas, mas desistiu de chutar seu companheiro. O casal de adolescentes agora aproveitava a noite para se beijar atrás da árvore. A criança soltou os torrões de terra que escorriam pelas mãos e entrou engatinhando por um túnel de brinquedo. Uma, duas, três eram as partes do túnel de concreto. Vermelha, azul e amarela, também amarelo era um líquido de urina que começava a escorrer lá de dentro assim que a menina entrou. A mulher ainda de costas no celular. Difícil entender o que dizia ao telefone, como se tivesse uma escova de dentes na boca, a voz gutural, palavras cheias de pasta. Alguém se mijava ali dentro; Dora não se mijou dessa vez, apesar da adrenalina que sentiu no mirante, as lágrimas que escorreram na enfermaria, quando se debatia para explicar a crise de pânico, a carga pesando na nuca, os prédios retorcidos.

E se fosse cavar até a raiz do susto, topava com um poço seco, absurdo como o osso quebrado de uma ave, uma pessoa que gesticula ao telefone e ninguém sabe o que diz. Se fosse racional, toparia com essa sequência que desfilava no escuro, os números um depois do outro. Não se lembra quem ensinou que na hora da crise era preciso inspirar até três e expirar até seis, se deixar hipnotizar pelas palavras que diziam números, desenhá-los no avesso das pálpebras para amortecer a queda, conter a ansiedade. Era preciso ser otimista, o dia não tinha sido dos piores, havia o bom tempero da salada, a temperatura da cerveja. A avenida era tão simétrica, o ano novo pela frente.

No fim da tarde, ela tinha partido na direção do prédio. Depois da fila e do elevador, um café expresso sem açúcar. Os grãos moídos na máquina. A mesa com migalhas e chocolate. As unhas de maçã intactas, entre as fotos da nova revista. Nenhum eco do saxofonista fora das páginas, as pessoas dezessete andares abaixo. Espaço aberto junto ao mirante. A avenida lá embaixo e a ciclovia vermelha. Edifícios envidraçados que se tornam espelhos gigantes de prédios e janelas. Fileiras de blocos de concreto. Para cima, um sol fraco que já não aquecia ninguém. O primeiro vento do fim de tarde soprou nos ouvidos e desmanchou o cenário como cartas de baralho. Um vento frio em pleno dezembro. Talvez altura não fosse mais que distância, mas uma distância que dói. O chão lá longe e mais fundo, girando em espiral, ela perdeu força nas pernas e abaixou a cabeça. Se pensasse naquele momento de novo, era outra queda que recomeçava.

Aqui no parque, a criança saiu do túnel. Atrás dos seus passos, gotas de xixi. Ela caminhou até a mulher que ainda falava seu idioma de celular. Outra vez passou o homem correndo com fones. Os adolescentes continuaram atrás da árvore. Um chute rolou o pedaço de pão para a frente e o pombo se arrastou cabisbaixo. O bico mais rápido que o corpo, as penas mais sujas que o asfalto.

Dora balançou o pescoço para a frente e chacoalhou as dúvidas. A cabeça fazia sim para si mesma. Bocas e unhas continuavam vermelhas. Os pés firmes na terra, os números soprados como bolas de sabão. A manga do suéter escorreu outra vez pelo ombro, mas ela não a puxou de volta. Ainda não queria ir para casa.

O palhaço foi embora e esqueceu a risada

Como é que é? Esse playboy no busão? Certeza que deu algo de errado, motorista atrasou, quebrou o carro, só pode ser. Aqui não é lugar pra gente que nem ele. Só falta querer satisfação agora, vir tirar meu sossego. Ele que não se atreva. Sei me defender quando preciso. Tô fora de forma mas não fujo de briga.

A desvantagem é dele, tá longe de casa, longe de porteiro, segurança, motorista. E não tem como me reconhecer. Botei o zíper da jaqueta pra cima, baixei a cabeça, cruzei os braços. Se estranharem, é por causa do frio, é assim mesmo. Tem uma loirinha no mesmo estilo ali de pé, maluco de boné no canto também. Ninguém mais usa máscara da pandemia. Se eu uso, não é pra evitar doença, é pra confundir mesmo. Melhor assim, a gente nunca sabe quem vai encontrar. Busão cheio, passo batido, ninguém nem vê. E outra, enquanto tiver gente pra ser enganada nesse mundo, vai ter gente pra enganar.

O jeito é engolir o riso, não pensar no naipe desse alemãozinho aí naquele dia, a cara apavorada, a cabeça no ponto de explodir. Tremeliques. Agora ele é só fone de ouvido, calça apertada e mochila nas costas em pleno busão cheio. Sacou o celular, tá chorando pro papai que o carro enguiçou, motorista atrasou. Vacilão, não vai me ver, e se virar pra cá, faço que não é comigo, eu tava de capacete no dia, ninguém quer barraco voltando pra casa. A loirinha no celular é só coração e mensagem do marido. A senhorinha tá pescando na mesma página da Bíblia. Nem o vendedor de doce vestido de palhaço consegue uma atenção, ele acabou de virar para um passageiro e dizer, Opa, caiu. O coitado saiu procurando o que tinha caído no chão, e o engraçadinho mandou essa. Se liga:

Caiu o preço das pastilhas! Três por cinco na minha mão.

Naquele dia, eu tinha que ganhar o meu. O golpe da máquina não falha. Hora do almoço, capacete, moto e mochila de entrega. Deu tudo certo, a Suelen ficou orgulhosa, a gente comeu no shopping, pegou cinema, comprei tevê e paguei a tia Cida. Mais um lance desses, e eu dou entrada num carro, me matriculo na faculdade. Isso é vida, não esse busão lotado, fazer fila no terminal até arrumar lugar. Se fico de pé, o joelho apita, a coluna vai pro saco. Quando me alistei, nem o sargento quis saber da minha espinha torta, ponto de interrogação no meio das costas. Disse que era escoliose, tá dispensado, meu filho, fez a mesma cara fechada que todo mundo tá fazendo pro vendedor:

Agora falando sério, senhores passageiros. Peço desculpas por atrapalhar a viagem de vocês. Trabalho de palhaço no circo Moscovich, perto do metrô Tatuapé. Senhores, a gente perdeu patrocínio ano passado, e eu venho humildemente apresentar minhas mercadorias. Trago aqui comigo um produto de primeira. Deliciosas pastilhas...

Descruzei os braços e meti a cara no celular pra disfarçar. O playboy engomadinho anda curioso. Virou a cabeça pra cá outra vez. Perdeu alguma coisa, irmão? Se me pega é o maior enrosco, papai deve conhecer gente grande. Eu entro em cada uma, mas o que podia fazer? Exército não deu certo, sobrou a bicicleta, a tia Cida achava bom, ajudava nas contas da casa. Pedalei e fiz entrega até dar entrada numa 160 cilindros, crente que o bico do aplicativo tinha data pra acabar, meu negócio era faculdade e estágio, andar de terno pra deixar minha tia orgulhosa. Inocente. Um careca de carro me jogou pra cima na contramão e cantou pneu. Nem seis meses com a moto. Bacia deslocada, perna quebrada. O joelho me lembra do acidente em dia frio.

...pastilhas sabor laranja, morango e limão. Senhores, nos mercados, bombonieres e quitandas, elas são vendidas no valor de três até mesmo quatro ou cinco reais. Na minha mão é três por cinco, senhores. E ainda ajuda nosso circo.

O careca meteu marcha, minha moto deu pt. Eu com a cara ralada, nariz igual o desse palhaço vendendo bala. Tudo perdido. Era a curva na rota que já vinha capenga, espremida entre corredores de carros, batidas policiais. Semanas de cama, dívidas na conta. Paranoias. Às vezes acho que nasci zicado, bicho desses torto e bom pra nada. Naqueles dias, preso dentro de casa, um lado da cabeça ainda fresco, eu via toda a programação da tevê, da Sessão da Tarde ao Corujão, esfolava os olhos com jogo no celular e esperava. Esperava pela fome e pela sede, a vontade de mijar, o desconforto na coluna, a coceira na perna engessada. Se batia desânimo, eu inventava dias melhores, me imaginava rico tomando uísque com gelo de coco, junto dos mais chegados num casarão de frente pro mar.

Foi eu pôr de novo o pé no chão pra tia Cida me emprestar um trocado. Sem moto, voltei a fazer entrega de bicicleta. Logo no primeiro dia na porta do centro de distribuição, dou de cara com a Suelen. Cabelo longo, dez anos mais velha, divorciada, dois filhos. Sempre com maconha boa. Disse que eu era diferente. Ficou com pena do corte na minha testa, xingou tudo quanto é carro e careca na contramão. Diferente eu, Suelen? Não sei, mas ela me atiçou e hoje ninguém supera a gente no negócio da maquininha. Somos profissas. O playboy da calça-apertada ali sabe bem. Saco de vacilo. Só por essa mochila nas costas com o ônibus lotado ele mereceu o golpe que levou. O prédio dele é em bairro nobre, lá pra cima, Anália Franco, vai descer antes de mim. Sorte a dele, esse ônibus não esvazia tão cedo. O motorista já varou dois pontos lotados, tem gente nos degraus de saída, de entrada, a loirinha quase em cima do cobrador.

A Suelen me enchia de elogio, Cê fala bem, Elias, tem o dom, é diferenciado. E me explicava o truque na máquina pirata, o esquema completo, Cadastro falso, você pega o almoço e a nota no restaurante, demora um pouco pra chegar e diz que foi chamado de última hora para substituir um entregador que caiu da moto. Inventa que é preciso pagar uma taxa porque você é de outra empresa. O cliente espeta o cartão e o aparelho faz o resto. Tem gente que fatura mais de vinte mil por semana, maluco que faz isso vendendo bebida no carnaval, até fruta na feira. E ela nunca falava de fraude, golpe, extorsão, estelionato, Isso é coisa de quem julga os outros. Você só tá indo atrás do seu, meu amor. Bairro de gente rica, bacana. Gente que tem advogado, chora com o banco e recebe o dinheiro de volta.

Eu peguei a moto da Suelen, retirei a entrega no restaurante, vi o endereço, o pedido na nota grampeada na sacola: poke de camarão com quinoa e suco verde detox. Dei uma segurada de quase meia hora pra atrasar. Estacionei na guia sem ruído. Edifício Montmartre. Um salve no porteiro. Chamei pelo nome do maluco... peraí, como era o nome mesmo? Breno? Não, não, Bruno! Bruno do 82. Cheguei lá e disse que era entrega do restaurante. Capacete na cabeça pra câmera de segurança não filmar minha cara. Nem três minutos e lá vinha o crossfiteirinho aí todo impaciente. Camisa aberta, cara de bebê.

Meia hora e o busão preso no mesmo pedaço de avenida. Trânsito lento da porra. E o vendedor fantasiado de palhaço ainda tentando empurrar pastilha na ralé. Chapéu de pescador, máscara com boca pintada e nariz vermelho. Ofereceu pro Bruninho do 82, ele disse que não. Pra loirinha. Também não. A senhorinha da Bíblia caiu no sono. O palhaço arriscou uma brincadeira com o neném no colo da adolescente, o ônibus freou e as balas tudo pro chão. A criança abriu o berreiro, o Bruninho do 82 quase saiu voando pela janela, a mochila acertando em geral. Olhou pra cá. Ainda bem que a máscara esconde o riso. E não tem como me reconhecer, eu tava de capacete no dia, hoje tô de máscara, um mostra o queixo, o outro o coco. Ninguém mais manda cobrir a cara como no tempo da pandemia, mas todo mundo respeita quem usa. Respeita ou tem medo. Vai que é doença.

Fui ligeiro na porta do prédio: senhor Bruno? Poke de camarão com quinoa e suco verde? O entregador do restaurante teve um imprevisto com a moto, me mandaram no particular, a taxa é sete e cinquenta – valor quebrado pra soar profissional. Isso, sete e cinquenta, olha aqui – print falso do valor no aplicativo. Pagamento no cartão.

O ônibus finalmente passou pelo acidente de moto e saiu da muvuca. O coitado do maluco estatelado no asfalto, certeza que não levanta mais. A tiazinha da Bíblia até acordou e mandou o sinal da cruz. O resto ficou aliviado. A loirinha tentou arejar, fez força, empurrou a janela embaçada. Ninguém vai ajudar? Bruninho do 82 não perdeu a oportunidade e empurrou o vidro mostrando a pizza de suor no sovaco. Pra quem anda de busão pela primeira vez até que se virou bem com a janela, hein. Um pouco de ar fresco, é bom lembrar que existe vida lá fora. Todo mundo empacotado de frio, pensando em chegar em casa, tirar os sapatos, comer uma parada. Numa dessas, a Suelen até cola na goma, deixa os filhos com a mãe, a gente pede uma pizza e fuma um.

Desenrolada ela. No dia do golpe, o aloprado aí vinha balançando, que nunca precisou pagar entrega no portão, que não foi avisado pelo restaurante. E eu firme no protocolo. O senhor pediu poke de camarão com quinoa e suco verde, né? Esse é o endereço? Edifício Montmartre? Seu nome é mesmo Bruno Lemos? Do apartamento 82? Saquei o celular e liguei pro "estabelecimento". A Suelen confirmava a história do outro lado da linha, a voz atarefada, como uma gerente de restaurante lotado, com mais sorte que esse vendedor ambulante recolhendo as balas do chão e do colo dos passageiros.

Obrigado, Deus abençoe, obrigado.

Outros três minutos pro Bruninho voltar do apartamento, carteira em mãos. Irritado, com fome, querendo se livrar logo de mim. Pôs a senha na máquina, e eu disse que deu erro, precisava passar de novo. A luzinha vermelha e camuflada no canto me confirmava a transação e não mostrava nada pra ele. Erro de novo, senhor, veja se digitou certo.

A porta se abriu no fundo do ônibus. O homem fantasiado de palhaço saiu tropeçando. Não vendeu uma bala. Quase arrancou a mochila do Bruninho na saída. Ele se ajeitou e virou pra cá outra vez, topou com a cicatriz no meio da minha testa. E eu, em vez de fingir que não é comigo, em vez de voltar pro celular ou pra rua, deixei subir pela garganta uma gargalhada cheia de bolhas. Antes fosse um riso contido, de canto de boca, um ruído de tosse, começo de espirro. Que nada, a língua roçando na máscara, a risada cobriu o barulho das rodas, o chiado do freio, a buzina lá fora.

Até parece que o palhaço foi embora e esqueceu a risada. A ossada da minha cara começou a doer. Geral olhando pra cá e balançando a cabeça de vergonha. E eu pensando no edifício Montmartre. Tenho outros pedidos pra entregar, senhor Bruno. Melhor tentar outro cartão, senhor Bruno, e ele três, quatro vezes, passando senha, me dando dinheiro sem saber, e de novo, até que o celular vibrou com mensagem do banco e eu arranquei na moto sem placa traseira.

Sorte a dele que ninguém quer barraco aqui, sorte a minha que eu tava de capacete no dia da entrega, não dava pra ver a cicatriz na testa. Hoje não sei se me reconheceu, mas moscou e perdeu o ponto. Não pegou o telefone da loirinha. Desceu esbarrando nas pessoas com a mochila, chamou a atenção de todo mundo. O motorista meteu marcha com pressa. Comigo só ficaram lágrimas e a última ponta do riso. Bateu um alívio, confesso. Até soltei o ar preso no peito quando olhei pela janela. Bateu um alívio e, lá no fundo, vai saber por que, bateu também uma vontade de chorar.

Rabo de arraia

golpe rasante desse jeito, se pega na cara, de meter medo em quem tá do lado de fora, só batendo palma e no canto corrido. Sorriso não esperava por essa, tinha começado o jogo manso, os gestos cautelosos, trazendo o mano pra conversa, sem segundas intenções. Assim que as pernas deram nó, ele interrompeu a dança e parou no meio da roda com uma chamada

de frente, tronco reto, braços abertos pro alto, convite pra brincadeira. O outro capoeira concordou e os dois caminharam de mãos dadas, para lá, para cá, num balanço entre a dança e o passeio, embriagados pelo som do berimbau naquela noite quente de terça-feira, noite quente de roda, a casa cheia de capoeira e curioso. Sorriso se agachou no canto, crente na reconciliação, varreu o chão com a mão e ofereceu espaço pro amigo fazer sua graça, quem sabe uma queda de rim, um aú ou uma parada de mão. Jamais imaginaria que receberia em troca aquele rabo de arraia traiçoeiro e

no contrapé, que mal dá tempo pra esquiva. Golpe giratório de perna, rasante desse jeito, mete medo até em quem tá do lado de fora da roda, e o Sorriso se agacha, cai pra trás no susto, se equilibra na cocorinha, pés no chão, joelhos pra cima. Tenta apanhar o fio da narrativa como linha de pipa que voa sem dono, os pensamentos dispersos feito siriris em volta da luz. Nem dois minutos de ginga e esse Gigante já apelando, e ainda mostra os dentes, o diabo, ele quer é arrancar minha cabeça, acabar com a minha vida, desde

que o Mestre partiu é assim, gente metida a valente nas rodas da casa. O jeito é segurar o balanço, fazer sinal girando dedo pro chão e dar a volta ao mundo, respirar ao redor da roda. O Gigante aceita, vem caminhando atrás de mim, tá certo, é cedo ainda pro quebra-gereba, a bateria em outra cadência, se contenha, gigantesco, não é todo desentendimento que se resolve no pontapé. E ele na minha rabeira, quase pisa no meu calcanhar, chamando pra luta. Eu ameaço voltar, o mandingueiro dá um passo pra trás, de medo de emboscada, do golpe inesperado, chapa

giratória em cheio no peito de quem se distrai. Finjo que não é comigo, bora esperar autorização no pé do berimbau, de olhos pro chão, ao som do pandeiro, agogô, reco-reco. Os dois atabaques descansam em silêncio no canto, sem as mãos do Mestre, sem os dedos calejados, o terno branco, os sapatos de sambador. No centro da bateria, Zeca e os outros dois tocadores de berimbau levam a festa batucando no fio de arame. Ele talvez se lembre dos gritos do Mestre em dia de roda, Ajeita esse berimbau, porra. E o fiel seguidor recebia um médio desafinado de outro capoeira, num minuto tava pronto, devolvia pro dono e voltava pro seu berra-boi, como faz ainda hoje ali com sua boina, a camisa folgada no corpo de lagartixa, puxando ladainha pra recomeçar o jogo, "*Eu tava lá no pé da cruz, fazendo minha oração, quando chegou um capoeira, com a figura do cão.*

Ê viva meu deus". Berimbau do Zeca é o mais afinado, tem arame rijo ninguém viu quebrar, chora no toque de Angola, ding ding ding, dong dong, vibra no São Bento Grande, ding ding ding, dong, dong. Ele que sempre cuidou da casa, da papelada e dos alunos, tocava a Festa Junina e de Cosme e Damião. Ia do centro até os confins da Zona Leste buscar o Mestre quando era vivo. Mais de oitenta anos, entrava no carro e ganhava uma lata de cerveja preta pro caminho. Chegava aqui e sentava atrás dos atabaques, presença ilustre na noite, um trovão. Hoje quero ver quem tem coragem de assumir os instrumentos. Eu que não tenho, se tivesse, me chamavam de Valente, não de Sorriso. Já não é fácil enfrentar o Gigante ali de

novo agachado ao pé da roda, ouvindo o fim da ladainha, o chacoalhar do caxixi. A vara de biriba se inclina pra ele entrar de aú baixo, sem muita trela pra queda de rim do Sorriso, sozinho no pé da roda. Saiu gingando de peito erguido, os braços rijos na altura do ombro, coisas de quem anda com aqueles capoeiras "contemporâneos", gente que não negaceia, é só salto mortal e voadora, nunca vi se arriscar no maculelê nem no samba do recôncavo. Domingos de festa, ele espera de lado enciumado, braços cruzados, porque a noiva põe saia de chita, troca umbigada com as amigas na dança, rebola pra bateria e mostra os dentes pro Sorriso. Na roda agora se ergue o peito assim é pra sustentar orgulho de capoeira viajado, com apresentação na China, festival na Europa. Viu gente que mistura capoeira com jiu-jítsu, sujeito que puxa a perna do outro no meio do golpe e leva pro chão com mata-leão. Ele que nem pense em trazer isso pra casa, dou risada de imaginar, mas lá vem outro golpe giratório, agora é armada

pulada. Tá maluco, irmão? Esse infeliz quer me matar, não me deixa catar os pensamentos. Se é que alguém pensa claro dentro da roda, todo capoeira sabe que a brincadeira é de ação e reação, é de dança, pernas e pés, fosse alguém assistindo, aí sim, imaginaria coisas, veria no rabo-de-arraia-golpe a raia que tem sardas na barriga e que se esconde na areia do fundo do mar, debaixo de baleias e navios, raia leve e ligeira feito o Sorriso agora, que esquiva da meia-lua de compasso, cola o rosto no chão e estende a perna direita numa negativa

de frente, rasteira encaixada de jeito no calcanhar do comparsa, que se desequilibra e vai pro chão. O Gigante ainda levanta na vingança do escorpião, dá um mergulho e manda o calcanhar na curva da nuca do mano, que já escapuliu e gira mundo de novo, o cabelo crespo eriçado, é ele quem mostra os dentes agora. Aqui se corta a carne sem pegar no osso. Segue a ladainha, *No tempo em que eu tinha meu dinheiro, no tempo em que eu tinha meu dinheiro, camarada me chamava de parente, hoje meu dinheiro se acabou, camarada me chama de valente. Ê, viva*

meu Deus (ê, vida meu Deus, camará). Vinham da perna apoiada atrás os golpes que o Mestre ensinava, saíam do pé que pisa na ponta do triângulo traçado no chão pelo movimento da ginga. Pra soltar a chapa, ficava de lado, dobrava um joelho e empurrava o outro pra frente. Na hora da bênção, a gente se apoia no joelho outra vez e mete o empurrão de sola de pé. A armada é um giro de pernas estendidas, movimento de ator de cinema, lutador de taekwondo. No rabo de arraia tem que jogar o tronco lá embaixo, cabeça raspando a terra, a outra perna sobe na altura da cintura, rasante como um cometa. Negativa é flexão de lado, cabeça deitada no chão e pé encaixado no calcanhar do outro capoeira, que leva um tombo no meio de um monte de gente, inclusive os gringos que

vêm nas rodas do Bixiga, é sueco, russo, americano, eles chegam entendidos de tudo, camisa pra dentro da cintura, chuteira de futsal, acompanhando o canto corrido com sotaque, atrás do ritmo desde seu quarto frio no hemisfério norte, de onde ouviam as ladainhas longe da mandinga até um dia ganhar coragem pra vir contemplar aqui na parede a foto do Mestre e a bandeira do Brasil, saber da sua história, no sul da Bahia, no teatro, no candomblé, na Praça da República. Com sorte o visitante topa com um jogo desse aí, de troca e de dança. O golpe acrobático do Sorriso, bico-de-papagaio de ponta-cabeça, seguido da rasteira

baiana do Gigante, que apanha o companheiro na chegada do floreio e manda pro chão. *"Ave Maria, meu Deus, nunca vi casa nova cair"*. Agora é ele quem levanta e começa a caminhar em círculos, dá a volta ao mundo. É Gigante quem decide a cadência do giro, amarela o Sorriso e apanha o fio da narrativa, que voltava a voar sem dono, as palavras outra vez feito siriris em volta da luz: Andei por terras alheias pisando no chão devagar, abrindo o jogo pro estrangeiro, hoje giro e ergo os braços pra aumentar o coro em honra à vadiagem, pelo ciclo da roda que vira e vem, que aconteceu ontem e volta amanhã, e que recomeça a cada vez que o Zeca repete dong dong dong no

berimbau berra-boi, toda vez que o Zeca chama pra si os capoeiras e a bateria. O Sorriso sacode a poeira da camiseta, se recolhe ao pé da roda a passo miúdo, ele e o gigantesco, arquejantes os dois. As vozes que acompanhavam o corrido calam o canto para ouvir a ladainha do nego nagô quando morre, vai na tumba de banguê. E remontam em seguida a toda força, cobrindo a noite de terça-feira, quando ninguém mais cabe na casa, o povo espremido, o barulho que agita a rua, atrai os curiosos dos carros, a senhora na frente da loja, o aposentado barrigudo que passa. Também eles querem entrar na roda e inventar o mundo com dedos e unhas, disparar golpes que saem de pernas nessa vida e chegam no além, confundem passado

e futuro. E talvez por embriaguez, talvez pela força do canto, se enrijecem os couros dos atabaques. Pulsam com duas, três batidas que repetem o tum tá tum. Mas o quê? alguém se pergunta lá fora, Os tambores tão tocando sem músico? E os dois jogadores não perguntam nada, só voltam pra ginga. O batuque

atravessou a dupla ao pé da roda, como se uma película agora sustentasse o jogo, fizesse recomeçar a brincadeira, o canto de todos à beira do grito, golpes giratórios e frontais, o rabo de arraia respondido com cabeçada, a bênção

seguida de queixada, no balanço do pandeiro, no eco do agogô, no choro do médio e da viola. O berra-boi do Zeca vibra com o toque da vareta e do dobrão,

até que o arame não resiste e, pela primeira vez, se rompe.

Argila de várzea

Ferreira, me vê outro café bem preto que o dia vai ser longo. Ah? A olaria? Vai bem. Ficou sabendo do Zelão? Semana passada fugiu de Guaripocaba. Isso, o coxo que bebe cachaça e joga no bicho. Um dos meus homens mais calejados. Conhece a fabricação do tijolo de cabo a rabo. Do alimentador ao cozimento. Quem diria que largaria a família naquela choça de lona encardida pra escapulir pela mata? A Fernão Dias cheia de caminhão pra montar sentido cidade, o manco me vai pelo serrote, escolheu o caminho mais difícil. Ah? O que deu nele? Sei lá. Vai ver cansou de prensar argila de várzea. Sei que a gente foi lá no barraco logo de manhã. Um cheiro de suor e fralda, a esposa num cobertor de estopa com o bebê. Colchão, sacola, garrafa, panela, tudo espalhado em volta de uma viga de fuste. Quando a mulher veio dizer que o marido andava alheio, amuado, eu já logo retruquei: se ele não voltar, você herda a dívida. Foi um desespero, as mãos na cabeça, que não, que pelo amor de Deus, e um puta berreiro da criança no colo. Eu tava era perdendo meu tempo. Enquanto o sol fervia pelo Morro do Guaripoca, o Zelão já devia ir pelas curvas da encosta.

Não faço ideia porque escolheu ir pela serra. Só podia ter metido um calço na sola daquele pé ruim pra sair assim como se fosse gente, desbravando mata, gruta, nascente, vai ver até se banhou no lago do Taboão. Vê se pode. Um dia de folga ao ar livre, longe do forno de barro, sem a chiadeira do destorroador. Ah? Se eu me preocupo com fiscalização? Cê viu no jornal que é trabalho análogo ao quê? Eu não tenho nada com isso, o problema é dele. Veio ser meu funcionário porque quis. Eu é que não levo calote. Mandei logo o Ênio e o Gérson atrás com o trabuco. Não deu outra. Voltaram com o infeliz no fim da tarde. O diabo tava no alto da serra contemplando o pôr do sol. Não é demais? O quê? Cê nunca subiu lá? Dá pra ver Bragança Paulista, a Represa do Jaguari, Atibaia. Enfim, lá estava ele com a regatinha vermelha, boné jeans, cigarro nos dedos. Falaram que quando se viu encurralado ainda arriscou escapar pela margem da vereda, tropeçando com os chinelos nas mãos. E assim que o tiro passou de raspão na única perna boa, se entregou todo mijado, a mesma ladainha: que já devia mais de trinta mil, que tudo só piorava, que antes morrer num descampado. Só calou com bofetada, ficou pequeno e prensado entre os dois peões que nem os tijolos lá da olaria. No dia seguinte, tudo normal. O mesmo jeito torto de moldar o barro, pelo menos sabe o que faz. Qualquer dia aparece aí de novo pra tomar uma e apostar no camelo em vez de me pagar o que deve. É bom que dê milhar na cabeça. Mas vai ter que esperar um pouco. Nada de cachaça nem cigarro pra ele este mês. Ai se me desobedecer. Agora só bebe isto aqui, ó, café preto.

O que pensam os piolhos

Na escola de manhã, à tarde era a rua.

Primeiro uniforme e merenda, depois em bandos ou sozinha.

Nos mercados e nas lojas, tudo dentro das calças.

Pasta de dente, biscoito, caneta.

Lá fora, abria o zíper das mochilas.

Batia carteira, roubava bolsa e sacola.

Sempre nanica, ninguém desconfiava.

Os óculos enormes dançando no rosto.

Maiores que meus quatro graus de miopia.

Manu coça a braço e procura detalhes. Quanto mais conta, mais o boneco pergunta. *Por quais ruas você andava? O que sentia depois dos furtos?* A voz do robô é humana demais para ser humana, também lembra atendimento eletrônico. Bem que a Cris repetiu no caminho. Nada de medo nem vergonha. Ali dentro não tem ninguém de verdade, são só palavras. Já Manu, ela sim, está bem ali, em carne e osso, mais osso que carne, é verdade, e por isso precisa de grana para almoçar, por isso topou ficar sozinha com um boneco de resina dentro dessa cabine fedendo a mijo e suor, por isso ainda se esforça para contar algo que dê dinheiro, tenta ser gentil com um Smurf de dois metros de altura.

"Inteligência artificial", disseram, "projeto de uma empresa belga", disseram.

Ela volta pra infância e pra adolescência à cata de memórias que não virem humilhação. E pra completar tem esse dente que não para de latejar. Dói como o peso de duas cabeças, uma virada pro passado, outra pro presente. Bem que devia ter ido direto pro posto de saúde logo que acordou. Quem sabe não tinha recebido remédio, tratamento? Dentista mesmo é difícil. Quando foi a última vez que alguém examinou sua boca? Na segunda ou na terceira série? Tinha o doutor Josias, sujeito raquítico, esticado. Boca azeda, falava cuspindo. Onde já se viu dentista com bafo? Aparecia na escola duas vezes por ano e ensinava os alunos a fazer bochecho. Manu até ganhou um kit com escova e pasta de dente. Esfolou de tanto usar. Torceu o tubo da pasta e abriu ao meio com a tesoura para lamber o resto do melado.

E me prenderam por causa de uma pasta de dente.

Aquela do coelho.

Me viram na câmera de segurança no supermercado.

Eu e meu amigo da escola. Nico era o nome.

"De novo vocês? Já mandei sumir".

Bicas e tabefes. Baita surra.

O homem-armário chamou a polícia.

Eu tinha passagem na delegacia.

Fui direto pra Febem.

O Smurf na cabine finge intimidade, a voz de telemarketing se adapta à visita. *E por que você roubou a pasta de coelho?* E Manu gira os olhos, arruma outra vez os óculos que surrupiou numa farmácia. Fez que só queria se pesar, o par deslizou pra dentro do bolso dos shorts, um par que não resolve os quatro graus de miopia, e que agora está capenga, com uma perna só. Ela ajeita a armação e tenta alcançar o nariz do boneco. Um Smurf de pele azul e calças brancas, o mesmo do desenho animado, mas esticado que nem o dentista do bafo azedo da época da escola, longo e alto como aquele homem-armário da farmácia. Espadaúdo. No peito de resina, o visor repetia por escrito tudo o que o boneco dizia. As costas estavam coladas na parede da guarita, os pés cravados no chão sujo de recibos, bitucas de cigarro, um pino vazio de cocaína e uma camisinha usada. Os dentes brancos nunca viram cárie. As calças e a barriga vinham cobertas de desenhos e recados deixados por outros visitantes. Hélio Sousa. Leia Provérbios 14:31. Larissa te amo.

A caixa da pasta de dentes roubada era vermelha. O coelho marrom na embalagem tinha um morango na mão. Ele aparece na memória de Manu com a chave do enigma, o motivo do roubo na farmácia. E quando abre a boca, em vez de revelar um segredo do seu passado, em vez de lembrar Manu que um coelho de pelúcia encardido era a única lembrança que tinha da mãe antes do abandono, antes que ela fosse deixada no abrigo, em vez dessa revelação, o coelho da pasta começa a berrar, os gritos parecem pancadas na cabine: Co-co-mo é que é, mi-mi-nha ssssnhora, vai demo-mo-rar muito aí de-dentro? Um homem-coelho marrom faz uma sombra na porta transparente do lado de fora. Sua voz rouca e gaga em nada se parece com a do robô de fala perfeita. As batidas violentas tentam compensar as palavras que o sujeito não consegue dizer. Ele soca três vezes a cabine, esfrega seu nariz-focinho na parede de vidro e cruza os braços magros como se estivesse na porta do banheiro. Pera aí, meu amigo – a Cris chega junto para acalmar os ânimos. Não tá vendo que ainda é a vez dela?

Manu faz que já vai e se vira de novo pro Smurf. Não tem muito tempo, mas aquela pergunta sobre o roubo da pasta é um bom sinal. Quando fica em silêncio, o boneco não paga pelo que ouve. O negócio agora é segurar esse interesse pra ver se o senhor Smurf libera um dinheiro. Ela ganha confiança, se sente como alguém que tem algo a dizer, ainda que não consiga explicar o roubo direito... talvez saudade do gosto de morango da pasta de coelho. É difícil encarar a criança que foi, vem na boca um amargo-ressaca de quando a noite anterior demora pra sair da garganta. As duas cabeças do passado e do presente se batem, elas se soltam do pescoço e se multiplicam em quatro, oito, dezesseis. Voam como balões para o quarto no abrigo, o pátio da Febem, a mesa dos franciscanos. Manu estudou até a oitava série, sabe ler, escrever, calcular. E se não tivesse entrado naquela farmácia com treze anos para roubar a pasta de morango? Uma lembrança às vezes diz quem é a gente é, às vezes também diz o que a gente não quer ser. De pensar nisso ela quase sai da cabine. De balões, as memórias viram flechas e despencam sobre o mesmo dente doído.

Não teve coragem de voltar pro abrigo depois da Febem. E soube que a tia Batista não trabalhava mais lá, ela que tinha sido sua mãe adotiva, ensinava orações e modos à mesa. Manu teve que viver do que tirava da rua, e a rua oferecia pouco ou quase nada. Almoçava e jantava nos franciscanos, com sorte recebia produtos de higiene, albergue, tomava banho. A esmola pagava uma dose, um cigarro. Companhia mesmo só quando conheceu Cris e as duas se mudaram pro mesmo barraco.

O boneco espera. O braço direito colado no corpo, o esquerdo oferece notas de resina à visitante. Para que não arrombem as cabines, nada é feito com dinheiro vivo. É preciso usar o código que a máquina mostra no final da conversa e sacar o valor no banco. E as histórias? Manu se pergunta o que vão fazer com elas. O que têm de tão especial afinal? A gente na vida de rua e sem tomar banho, pedindo dinheiro pra desconhecido, se arrastando nessa cidade cabeluda. Pra que saber o que pensam os piolhos? Deve ter uma câmera atrás dos olhos desse robô. Isso aqui tá mais pra confessionário de igreja. Será que vão usar o que Manu diz contra ela? Vão cobrar Pai-Nossos e Ave-Marias de penitência? Esse boneco gigante dentro da cabine, toda essa curiosidade tem cara de pegadinha. Estão rindo dela em algum lugar. Certeza que sim.

As pontadas no fundo da boca começaram mais cedo, quando ela acordou. A dor de cabeça veio em seguida. Ela empurrou duas ou três vezes o braço mole da companheira dentro do barraco. Acorda, Cris. Puta dor de dente aqui. Ela roncava, ainda fedia ao álcool da noite anterior dando palestra pra poste na rua. Manu pôs a cabeça pra fora da lona e ouviu o vizinho debaixo do viaduto dizer que horas eram. Voltou correndo pra dentro do barraco e chacoalhou a Cris outra vez. Iam perder o rango nos franciscanos.

Ela estava certa, perderiam o rango, mas não por causa do atraso. No portão do centro de convivência, mais tarde, um cartaz anunciava que o lugar estava fechado por tempo indeterminado. Para albergue e refeição, rua Evangelista, 73. Bem que o frei tinha avisado, Manu se lembrou de frente pro portão, soprando o cigarro filado de um desconhecido. Com o fim da pandemia, as doações diminuíram e a prefeitura deixou de passar o mesmo dinheiro pros centros comunitários. Agora era achar outro lugar.

Nisso, a Cris pediu seu trago de direito. Ela tinha recebido o apelido de Crânio na casa de convivência porque vivia com livros e ideias. Jurava ter feito dois anos de Sociologia. O problema era o vício e as recaídas. O jeans encardido e a camiseta amarela cobriam com folga seu corpo ossudo. Ela abriu a boca para falar e o jeito de contrair o rosto não dizia se ria ou chorava:

E se a gente tentasse o Smurf outra vez? Parece que botaram uma cabine perto da Evangelista.

A fraqueza nas pernas e o ronco no estômago responderam por Manu. Eram poucas as esperanças de tirar dinheiro do robô. Tinha passado numa dessas cabines fazia duas semanas. Saiu achando que era tudo mentira. Aquilo de receber dinheiro assim à toa era conversa de bêbado, alucinação de quem passa muito tempo respirando fumaça de escapamento debaixo do sol. A Cris tinha vindo pro barraco com um panfleto. Explicou tudo com seu jeito intelectual de sempre. Falava rápido, Manu só entendia metade do que ela dizia. A multinacional TechnoMonde, dona de uma nova plataforma de chat virtual, pagava pelas lembranças das pessoas. O negócio era simples, o visitante compartilhava os dados pessoais, contava histórias e recebia o dinheiro. O banco de dados de chat ficava maior que o da concorrência e isso gerava acessos à plataforma.

Longas filas naqueles primeiros dias. Baita algazarra em volta das cabines. A maioria dos visitantes não era gente da rua como agora. Alguns saíam putos por não vender nada, outros contavam vantagem depois de convencer o robô. Um vídeo que circulava pelos celulares trazia a publicidade da TechnoMonde. A Diretora de Marketing no Brasil garantia que todos podiam confiar as recordações aos bonecos azuis, que foram escolhidos pelo carisma e pela referência à infância, afinal, compartilhar lembranças não passava de brincadeira, e ainda rendia alguns trocados: 4,90 o Basic Souvenir, 9,90 o Standard Souvenir e 14,90 o Premium Souvenir. A diretora não explicava o que definia os valores, só elogiava a popularidade do projeto em vários países. Já existiam até mesmo os novos fãs da ideia, os memorizers. Um deles aparecia no filme publicitário. O homem de terno entra na cabine e conversa com o boneco. Ri como se contasse uma piada. Na cena seguinte, ele está num bar pagando cerveja para os amigos. Essa rodada é na conta do Smurf!

Quando as cabines viraram fenômeno e Manu tentou a sorte pela primeira vez, ficou morrendo de medo e vergonha de entrar naquele troço, mesmo a Cris repetindo que não tinha ninguém ali dentro. Uma placa pedia gentileza com a inteligência artificial logo na entrada. Ela aproveitou essa mesma ideia para contar que sempre foi gentil. Só de manhã já tinha dito cinco bom-dias, três obrigados e dois com-licenças. Era assim que tinha aprendido no abrigo com a tia Batista. Como se responde mesmo, meu amor, a tia perguntava sempre que ela ganhava presente ou favor. E Manu fazia o balanço do dia na hora de dormir, antes da oração: Foram oito de-nadas, quatro por-gentilezas, três pedidos de desculpas. A tia respondia com carinho na cabeça, não imaginava que a menina usava o truque da gentileza para furtos e esmolas.

De nada adiantou toda aquela conversa, a primeira tentativa não teve efeito no boneco. Não saía som nem luz do Smurf. Manu só não ficou tão decepcionada porque no mesmo dia a Cris conseguiu quinze reais na cabine. O que poderia ter contado de tão diferente pra máquina? E dali pra frente, ela só falava como se manjasse do assunto. Toda hora tinha novidade. A história favorita era a do moleque poeta que teria "quebrado" o Smurf com um truque de palavras. Em vez de dizer como todo mundo, Quando eu era criança, almoçava todos os dias, dizia, Quando eu almoçava os dias, todos eram crianças. Metia lorotas dessas no meio das memórias e sempre vendia lembranças a preços Premium. A Cris inflou o peito para dizer que o menino fazia "quiasmos" com as frases; Manu balançou a cabeça concordando, mas achou que ele tinha asma. A empresa não demorou a tomar providências. Primeiro desenvolveu um código para identificar trapaças poéticas dentro da cabine Smurf. Depois contratou o jovem para trabalhar na filial da Vila Olímpia.

Tudo bem aí? Cris bate na porta três vezes. Naquela primeira vez não deu certo. Agora, dentro dessa guarita, na segunda tentativa, apesar da agulha cravada no dente, Manu volta a ter esperança. Já é vitória conseguir a atenção do Smurf. O homem-coelho ainda espera impaciente logo atrás com seus dentes pra frente e uma das patas batendo no chão. Manu faz um gesto que sim e tenta se concentrar outra vez. Jeito de convencer esse bicho existe. Melhor então ficar na escola e no abrigo, longe dos anos na Febem, das lembranças que doem antes mesmo de você perceber que pensou nelas. Tia Batista, a escola, o abrigo, pelo contrário, moram em outro mundo. O kit de higiene pra boca era o melhor presente que Manu ganhou na infância, dava vontade de escovar os dentes toda hora. Com espuma nos lábios, ela abria a torneira e fazia concha com a mão, mas não pegava o suficiente pra lavar a boca. Precisava sempre de um copo d'água.

E se ela escovava os dentes é porque tinha comido. As crianças também ganhavam um latão de leite em pó todo mês. Ela comia puro, e a pelota enjoativa grudava no céu da boca. E quanto mais ela falava, maior era também aquele universo. O sol entrava pela janela da sala de aula logo cedo. Os problemas de Matemática enchiam as lousas de maçãs e laranjas. Os rabiscos no seu caderno de caligrafia pareciam teias de aranha. *De que cor eram as paredes?*, o boneco interrompe, e a pergunta é logo seguida por mais tapas na porta da cabine do homem-coelho, V-vai- l-lo-g-g, p-porra! As pancadas no vidro são como socos no dente podre de Manu. Ela confirma que a cabine continua trancada e fecha os olhos. Precisa convencer logo o robô.

Senhor Smurf, o recreio era verde escuro e tinha voz de criança.

Meu lanche preferido era Toddy e pão com patê.

O Nico era o menino de bigode achocolatado que brincava comigo todo dia.

O mesmo Nico do supermercado.

Cara de bolacha e um nariz redondo parecido com o seu, senhor Smurf.

A camiseta branca tinha dois furos.

De manhã, cheiro de Cândida, à tarde, ovo cozido com terra.

Os corredores que aparecem no escuro são passagens de labirintos de portas azuis, limpos, gelados, cobertos por um alarme agudo que manda os alunos para a sala, para o pátio, para a rua. Os corredores não são nada como os becos e ruelas onde Manu se escondia à tarde pra abrir as bolsas e as carteiras que roubava, becos e ruelas cheios de calor e fedendo a esgoto. Não são nada como os becos e ruelas do centro socioeducativo anos mais tarde, onde tinha que falar grosso e andar em bandos. Nenhum lugar é como o outro, nenhum ontem é como agora, mas às vezes tudo se junta na mesma bola presa na garganta.

O boneco faz uma pergunta diferente. Quer confirmar os dados da visitante. Será que acabou? Ela diz seu nome completo e sua idade acanhada, continua repetindo "senhor Smurf" no fim das frases, o tronco balançando pra frente e pra trás. Com mais três respostas, uma declaração de direitos autorais aparece no monitor.

A ideia de ter dinheiro, ainda que pouco, devolve ânimo, talvez Manu aguente a dor de dente por mais um tempo. Pelo menos sai de cabeça erguida, mesmo que debaixo dos palavrões cuspidos do homem-coelho lá fora. Ela vai passar no posto, tomar remédio e almoçar. Quem sabe não tem algum dentista na fila da cabine? Gente com diploma também mendiga pra inteligência artificial?

Muito obrigado pela conversa. Tenha um ótimo dia. O programa conclui o registro das informações e imprime o cupom de pagamento. O visor volta para a tela inicial com pedido de nome e senha para o novo visitante. Manu ajusta outra vez os óculos capengas e lê o pedaço de papel amarelo, ansiosa para saber quanto ganhou. Suas memórias estão na categoria Souvenir Standard. Código para saque: T8QG-J5NL. Valor a receber: nove e noventa.

Uma em 50 milhões

Justo na minha vez, pensou Célio, entre ondas de turbulência, as unhas cravadas no braço da poltrona do avião. O sinal de afivelar os cintos e o número do assento tremiam sobre a cabeça. A noite fechava as janelas como uma cortina. Na minha vez, não, ele implorou ainda, e foi interrompido pelo choro de uma criança ao lado, pedindo colo para a mãe.

A cabine despencou por uma fração de segundos. A nave soluçava querendo vomitar os passageiros indigestos. As telas multimídia nos encostos dos assentos se apagaram. Célio, que jantava enquanto assistia *Pantera cor-de-rosa*, com Steve Martin, acabou de frente pro reflexo do seu guardanapo sujo, babador preso à gola do pijama. Seus olhos saltavam da cabeça inchada de dormir pouco e beber além da conta, efeito da farra no último fim de semana. O comandante tentava seguir o protocolo. "...nhores passagei, pedimos que perman... se..tad... cintos ...afivelad... Est...mos passan- por um.. zon... de turb...", a voz desaparecia e voltava, balançava com o avião. Célio queria acreditar que era só por causa da turbulência, ninguém consegue falar direito numa situação como aquela. E o que restava além de permanecer sentado com o cinto afivelado? Fechar os olhos?

Ele se concentrou em terra firme, numa lembrança feliz. Sexta-feira tinha sido sua noite de sorte. Chegou em casa com pão francês, maionese e salsicha. Duas garrafas de cerveja. Preparou três cachorros-quentes e foi para o sofá da sala, para frente da tevê recheada de gatonet. A primeira imagem na tela é a cara de pedra do Coisa. Ele dá socos na palma da mão depois de acabar com a Porsche vermelha do Tocha Humana. O outro revida com chamas de fogo na nuca do brutamontes, que se vira e pergunta: "Você quer voar?", e lhe dá um murro que o lança contra um outdoor. Do Quarteto Fantástico, Célio sempre preferiu o Coisa ao Tocha Humana. Ele mesmo se achava parecido com o personagem de pedra, também era grande, carregava barra de ferro todos os dias, poderia muito bem substituir um Michel Chiklins, Vin Diesel ou The Rock em qualquer cena. Mas não era por causa do filme que ele voltava para a sexta-feira, era pra pensar no depois do jantar, depois dos três cachorros-quentes e do finalzinho da segunda garrafa de cerveja, quando ele arrotou e começou a conferir o jogo de loteria. O palito de dente dançava na ponta da língua e debaixo do bigode. Ele abriu o site das lotéricas e tomou um dos maiores sustos da sua vida. Olhos pra cima e pra baixo: os seis números iguais no volante e na tela do celular. Cravados. Os seis. No volante. Na tela do celular. Iguais.

Se ele recuperasse a voz agora em sua poltrona de primeira classe, com direito a atendimento preferencial, magret de pato ao mel e champanhe, travesseiro com penas de ganso, pijama com o bordado da companhia aérea e guardanapo de babador no pescoço, se ele recuperasse a voz entre os solavancos dessa aeronave, canoa voadora que tropeça entre marolas, carruagem em rua de paralelepípedo com lombadas, se Célio tivesse voz enfim, talvez o grito fosse parecido com aquele de sexta, agudo e incrédulo, quando se deu conta de que era milionário e que não precisaria mais trabalhar, talvez o grito fosse mais alto que o berro do menino rechonchudo na poltrona ao lado, ainda pedindo o colo da mãe.

Não é só a criança que tem motivos para chorar. Célio, também ele, tem muito a perder nessa turbulência que já parece terremoto, afinal, foram anos de fé nos mesmos seis números toda sexta-feira depois do trabalho, foram horas de moedas na maquininha de caça-níqueis escondida nos fundos da padaria, raspadinha com conversa fiada no balcão dos bares. Jeitos e mais jeitos de fazer um trocado para deixar aquele aperto que ele só esquecia quando assistia a um filme na tevê, ou tarde da noite, depois de secar uma grade inteira de cerveja com os outros bebuns da sua rua. Era quando eles começavam a dançar e a bater palma. Os amigos pediam para Célio imitar ator de cinema. Diziam que ele era talentoso, só tinha nascido na família errada, não como aquele menino na poltrona ali ao lado, que ainda não tinha aprendido a falar e já estava na primeira classe, mal sabia o que era um avião.

Mas assim como esse moleque vermelho e suado, nem dois anos de idade e meia dúzias de dente de leite, e que finalmente conseguiu se encaixar nos braços da mãe, assim como ele, Célio estava começando a vida somente agora, pra valer, enfim premiado na loteria, em sua primeira viagem de avião, a caminho de Los Angeles, com o velho sonho de conhecer os estúdios de Hollywood. A diferença é que nesse momento de desespero, o menino não podia dizer o que estava acontecendo, não podia explicar porque agora as malas já estavam chovendo dos compartimentos, e todos os adultos, em coro, também choravam como uma criança. Qual a chance de alguém ser sorteado e sofrer um acidente assim em apenas três dias? E todas aquelas frases de cético metido a sabichão? Que é mais fácil você ser atropelado no caminho da lotérica ou que o avião é um dos meios de transporte mais seguros do mundo? Uma vez, o matemático de um dos canais do gatonet disse que a probabilidade de ganhar na loteria era de uma em cinquenta milhões e que era muito mais fácil ser atingido por um raio. E pouco importava a sequência de seis números; para uma aposta simples, todo sorteio é como se fosse o primeiro, seis números diante de milhões de possibilidades. E o mesmo matemático disse ainda que não custava tentar. Pelo menos a brincadeira permitia a gente imaginar o que faria se ganhasse, como se o jogo abrisse um portal de sonhos, um monte de canal pirata, filmes novos para a cabeça, chances de ser outra pessoa, de preferência uma que não tomasse o avião errado e se visse agora diante de duas aeromoças sentadas aos prantos no corredor. As máscaras e o oxigênio em queda, o avião na fronteira entre uma vida de azar e enfim algo que ele podia chamar de futuro, desde o momento em que os números perfeitos se encontraram, números de alma gêmea, feitos uns para os outros. Cravados. Iguais. Os seis.

Célio procurou outra vez terra firme em algum canto da memória e o que encontrou foi a recordação de um sofá vermelho, o gosto de doce de amendoim e leite com chocolate, o sol pela janela à tarde, o ator Lou Diamond Philips de Ritchie Valens em *La bamba*. Um pouco mais velho que o menino na poltrona ao lado, ele assistiu à reprise do filme depois da escola. A primeira vez tinha visto com o pai. Seu Agnaldo não gostava de avião, cruzava os braços e balançava a cabeça diante da tevê. Mesmo que eu tivesse dinheiro, não entrava nesse troço aí, não, ele dizia. Bem que avisou. Por que não fiquei em São Paulo?, Célio murmurava entre os dentes. Deveria ter comprado um carro e uma cobertura com vista mais bonita que o breu dessas janelas. Mas achava que o improvável só aconteceria uma vez. Já era milagre ganhar na loteria, qual a chance de sofrer aquele acidente?

O menino chorava no peito da mãe até que outro tranco os afastou de novo, outro caroço de ar no caminho do avião. O oxigênio cada vez mais baixo, Célio tentou voltar ao passado pela última vez, antes de ganhar na loteria, quando se arriscava com tantas apostas, e não ganhava nenhum prêmio, só a chance de se iludir. A lembrança foi encoberta pela cena de *007 - Casino Royale*: Daniel Craig como James Bond em uma mesa de poker, perdendo a partida para o vilão Le Chiffre, que o encarava com uma cicatriz no olho. Mas o filme mal começou e já se desfez em delírio. O painel do assento à frente de Célio se transformou numa máquina de caça-níqueis. As malas pelos ares agora rolavam como bolas pelo feltro de uma mesa de bilhar. As cabeças dos outros passageiros ganham focinhos e penas, eram desenhos numa cartela do jogo do bicho.

A voz do piloto volta a pipocar na cabine: Atenç... tripu... e... ssageiros. Proced... de segurança. Brace. Bra... E com o resto de juízo que Célio achou no meio do tumulto, ele fechou os olhos outra vez. Apostou de novo, o corpo agora curvado na poltrona. Na minha vez, não, repetiu ainda. Imaginou que era o herói de um filme, um herói forte e imbatível. Botou todas as fichas na pequena chance de sair dali vivo. Por menor que ela fosse, menor ainda era o buraco de agulha em que ele já tinha se enfiado, do auge da sorte ao extremo do azar, como um elo frágil entre o céu ao redor e a lágrima de uma criança sem colo.

Fiado só ontem

É raro cliente essa hora, ainda mais fim de semana. Dava até pra baixar as portas. Aparece um ou outro caçando conversa, também vem gato pingado pedir pendura, jura que acerta no fim do mês. Às vezes cumpre, às vezes some. Povo que deve cem, cento e cinquenta, duzentos, e quando arranja dinheiro gasta tudo em mercado grande lá da avenida. Passa disfarçando de sacola cheia do outro lado da rua. Como se eu fosse cego.

O fiado eu tenho que segurar, a rua entra e sai. Na hora do almoço durante a semana, a sirene da metalúrgica é um grito de liberdade. O bando foge do confinamento pro sol do meio-dia. Gente de escritório, vendedor, secretária, homens de gola puxada, camisa aberta, mulheres de unha roída. Conversa pro ar e crachá no pescoço. Enchem a barriga lá na avenida e vêm enrolar aqui na porta, comprar besteira antes de voltar pro batente. Chocolate, sorvete, essas coisas. Só cigarro eu não posso anotar, isso meu tio quer parar de vender. Atrai ladrão por causa do jumbo.

Tem gente que não sobe pra avenida. Fica aqui pra baixo mesmo na marmita ou se contenta com um pacote de biscoito, salgadinho. Motoboy, pedreiro, peão. Todos os dias um deles me diz a mesma coisa. Anota aí corinthiano, um picolé de coco. Se chama Sampaio o sujeito, filho da dona Mazé, aquela senhorinha que vem perdendo a memória nos últimos meses. Dizem que mora no bairro tem mais de cinquenta anos. Os chão-de-fábrica vão cochilar debaixo da laranjeira seca ali na calçada depois do almoço; já o Sampaio pede uma besteira qualquer e apoia as costas na parede sentado nesse mesmo banquinho. Ele crava os dentes no sorvete e fica espiando a rua, os muros pichados das casas, os tênis pendurados nos fios até lá embaixo, à beira do córrego. O lema da fábrica de paletes no peito. Compel: Soluções Inteligentes em Armazenagem. As rugas já riscaram a testa, o bigode não consegue mais esconder os pelos brancos. Ele joga os braços pra cima e comenta do calor, da mãe esquecida, do noivado recente com a atendente da padaria.

Gostava de me enrolar, o Sampaio. Levava dois meses pra pagar uma conta e já abria outra em seguida. Nunca tapava direito o buraco cavado aqui no caderninho. Eu tinha que cobrar sempre que podia. Batia tudo na calculadora, lia os números e as datas em voz alta, Quarenta e dois e cinquenta no dia sete. Vinte e sete e dez no dia doze. Sessenta e um no dia dezessete, essa compra quem fez foi sua mãe na última quinta-feira. Ele balançava a cabeça e prometia uma data ou pagava uma parte. E a coisa ia se arrastando até que um dia veio e quitou tudo. Queria se livrar logo da dívida. Parecia que tava com coceira.

Esses tempos voltou a falar do coração. Medo de morrer de repente porque a dona Mazé não cumpriu uma promessa quando ele ainda era pequeno. Por causa disso, dois, três dias depois de quitar a dívida aqui do caderninho, num sábado besta que nem esse, ele se mandou pra Aparecida do Norte com a mãe. Vou acertar as contas com a santa, me disse. Parou o carro com pressa, comprou um pacote de biscoito e uma garrafa de suco. Pagou no ato. Dona Mazé era só um chapéu no banco do passageiro. Avoada, nem se mexia. Às vezes dá pena. Vem aqui e fica parada no corredor sem saber o que levar.

Parece que ela fez a promessa quando o filho ainda era criança e mal imaginava negociar fiado com o Além. Viúva e sozinha com o Sampaio pros lados dos sítios de São Mateus. O pai morreu justamente do coração e na cama de uma puta do Parque do Carmo. Pálido e pelado. Jeito escroto de descobrir traição, hein? Ele morreu e deixou a Mazé com o Sampaiozinho de colo, e o menino cresceu devagar, só nota baixa na escola, último a ser escolhido no futebol da rua, as noites dormindo mal ao lado da mãe, na mesma vaga do falecido infiel. Sempre repete que o travesseiro do pai fedia a suor, a mãe cheirava a desinfetante com vinagre. Ele repete e põe a mão no peito, todo encolhido e desbotado no uniforme marrom da firma, parece aquelas batatas esturricadas que sobram lá no fundo e acabam no lixo porque ninguém quer comprar.

Não custou muito pra descobrirem que o cansaço do moleque também era coração. Sopro. Tinha que entrar na faca. O medo de perder o filho do mesmo jeito do marido deixou dona Mazé desesperada. O Sampaio diz que uma das poucas memórias dessa época era a mãe de terço enrolado no punho e com a boca cheia de Ave-Marias. Daí veio a promessa pra Nossa Senhora – se tudo corresse bem na cirurgia, romaria pra Aparecida do Norte. E naquele mesmo ano.

É claro que deu certo a cirurgia. Imagina hoje passar o dia carregando viga de aço sem força no coração? O Sampaio ficou zero bala, mas demorou umas semanas, só percebeu que tava curado quando a mãe lhe deu uma bela chinelada por desenhar na parede da sala. Já tinha saúde pra apanhar de novo, ele disse. Daí a promessa entrou naquela fila de mentiras que pais contam pros filhos. No domingo a gente vai pra Aparecida, dona Mazé prometia como quem fala, na volta a gente compra, quem sabe no Natal, talvez no Ano Novo, na Páscoa, no seu aniversário. Parece essa plaquinha aqui de Fiado Só Amanhã. Podia ser Fiado Só Hoje, Fiado Só Ontem, dá na mesma. Ninguém leva a sério, até criança vem me pedir pendura.

De sábado costuma ter churrasco aqui na porta, ideia do Bigode, o aposentado que mora ali na rua da feira e vende espetinho no ponto de ônibus de semana. Hoje não apareceu, mas sempre pede pra montar a churrasqueira. É bom porque vira um trocado pros dois lados, ele com a carne, a gente com a bebida. Isso aqui parece um formigueiro de bermuda e chinelo, pai de família e molecada, caixa de som e queijo coalho, alcatra e costela no bafo. Um dia desses o Sampaio falou da promessa pros bebuns e eles explodiam perdigoto, aquela fumaceira de cigarro saindo dos dentes. Gargalhavam das desculpas que dona Mazé dava pro filho: Não tem isso de santa se irritar, tem gente que rouba neném de santo, vira de ponta-cabeça e nada acontece, quem vai se importar com uma viúva velha e um filho mirrado? Só que o Sampaio mesmo não gostava de brincar com essas coisas, quem faz promessa tem que cumprir. Imagina se a cobrança vem na forma de ataque cardíaco, e se a santa pega de volta a graça concedida?

Se isso for possível, essa conversa de santo cobrar aqui mesmo toda promessa não cumprida, a gente explica uma boa parte das desgraças desse mundo. Gente que adoece ou leva tiro de repente, pessoa atropelada na faixa de pedestre, engasgada com espinho de peixe. Calote é o que não falta aqui embaixo, só olhar bem pro meu caderninho de fiado. Se nesse mercado com meu tio, eu no caixa e ele lá no fundo nos frios, os dois de carne e osso, se aqui a gente toma rasteira de vizinho e colega, imagina os santos em silêncio nos céus? Geral prometendo sem cumprir e as imagens lá paradas na igreja com a cara pálida de gesso e porcelana.

Também não é certo viver achando que tudo de ruim é culpa de promessa não cumprida. Sempre tem gente que diz que tá doente porque não subiu a escada da igreja da Penha de joelhos, a tia morreu porque não botou a faixa a Santo Expedito na porta de casa, se afundou em dívida porque não acendeu a vela de sete dias nem doou aos pobres. É curioso esse tipo de contrato: o sujeito que tem fé no santo pede pro santo ter fé no sujeito. Nenhum documento pra registrar o fiado.

Será que o Sampaio também vivia crendo que qualquer tropeço era obra do Além? Talvez fosse reflexo, por isso voltou a vigiar as dívidas em dinheiro; a outra já pesava demais, a do coração, essa que matinha ele vivo. O sujeito sempre estava à beira de um piripaque. Se veio uma descarga de adrenalina, foi a santa, certeza. E até hoje faz de tudo pra evitar emoção, detesta filmes de terror, nunca assiste final de futebol, passa longe de lotérica. Quando quatro moleques assaltaram o mercadinho na hora do almoço, pularam pra fora do Palio rebaixado com o 38 na nossa cara, ele mal saiu do lugar, entregou a carteira com a mão esquerda e segurou o peito com a direita, conferindo cada tum-tum. Ai meu coraçãozinho, meu coraçãozinho, ele dizia com ênfase pra cada "zinho", na tentativa de diminuir uma palavra que custava a ficar pequena.

Lá vai do outro lado pilantra passando com compra da avenida. Esse aí tá devendo tem bem dois meses. E eu todo dia aqui no caixa somando gilete e detergente, mortadela fatiada pra sanduíche, entre obrigado e o próximo, código de barras, cupom e sacola. Como fica nosso trabalho? Meu tio ainda é pior que eu nesse assunto. Tá limpando o forno lá atrás, daqui só se vê a touca na cabeça. Chega antes das cinco pra assar o pão. Nunca tira férias. Tantas vezes já pensou em fechar. Quando perguntam se gosta de ser comerciante, diz que isso aqui é uma prisão de portas abertas.

Uma prisão de portas abertas com gente entrando e saindo. Alguns que vêm e ficam, depois vão embora, carcereiros que fazem amizade com a gente. O Sampaio é um. Sempre preocupado com a saúde. Vai ver nem pra noiva da padaria ele se declara. Deve dizer que o coração ainda é da santa. Essa viagem pra Aparecida do Norte veio depois que a mãe começou a dar sinais de esquecimento. Piorou aos poucos. Antes ela não lembrava o que veio buscar no mercado, passava aqui pelo caixa de mãos vazias. Depois esquecia onde estava, a hora do dia. Semana passada quis saber o próprio nome. Ficou parada no corredor fazendo perguntas pro saco de feijão, como se procurasse uma lembrança no meio dos grãos, o endereço da própria casa, o rosto do filho, o valor do dinheiro. Vi por aquele espelho oval ali em cima, a cabeça branca e o pacote na frente dos olhos, escorrendo pelos dedos sem pele. Quando alguém perde os cabelos ou até mesmo um braço, a gente não tem dúvida que a pessoa ainda é a mesma, mas eu não sei se quem perde a memória ainda está lá. Resta o que, além da carcaça? É como esvaziar um saco de feijão. Quem compra pacote vazio?

Vai saber se o Sampaio se pergunta essas coisas, sei que não quis mais arriscar com a santa. Foi acertar as contas em Aparecida. Pra ele, perder a memória não livra ninguém dos pecados. E os números que anoto aqui no caderno dizem que sim, aquela senhora é a mesma pessoa, e o meu trabalho inclui cobrar o fiado da clientela. É bom que o Sampaio veio quitar a dívida. Mais que nunca, ele virou a memória da mãe, mesmo que ela já não consiga prometer nem cumprir mais nada.

É mais bonito no papel que na prática esse papo de empreendedor. Como não me resta escolha, fico por aqui, contando fiado dos outros. Pelo menos tem o churrasco na porta de sábado, os clientes na hora do almoço, esses fiapos de conversa. Eu manjo do fluxo de caixa. Não sou rico, o que mais faria? Boleto não se paga com promessa. Meu tio que autoriza abrir conta aqui no caderninho, e não é sempre que diz sim. Já rolou bate boca, barraco por cobrança. É foda porque tentam virar amigo pra tirar proveito. O zoião cresce pra prateleira cheia, pro pouco dinheiro que entra. E se aproveitam porque eu gosto da resenha também, não nego. Por aqui descubro quem saiu de férias, ganhou no bicho, se separou, morreu, e assim por diante no fio dos boatos sem fim. Pedem pra anotar uma lata de cerveja, entre uma e outra conversa, meio quilo de tomate. Só não posso deixar passar tudo nem ignorar pendura. Só santo para acreditar na memória das pessoas, esperar promessa por trinta, quarenta anos. Se eu não anoto num pedaço de papel, se esse caderninho aqui some, aí é nossa grana que vai embora, de nada serve todo o esforço. Caloteiro é sempre o primeiro a esquecer a dívida.

A céu aberto

Você sonha com um trem em movimento. Vê campos de neve pela janela e se acomoda na poltrona do vagão. A página aberta do caderno sobre as pernas traz um texto interrompido na palavra "foi" e seus dedos de unhas roídas, restos de um esmalte sem cor. Você viaja sem malas, não trancou a porta nem regou as plantas.

O caderno se fechou, e a palavra "foi" não revelou seu destino, assim como esse trem em velocidade. Se entrassem no seu quarto agora, ouviriam uma respiração cadenciada, cabelos cacheados sobre o lençol branco que contorna seu corpo. O celular está vibrando na mesa de cabeceira, ele faz dançar uma cartela sem comprimidos e um copo vazio. Você não acorda para atender, o tremor se confunde com o ruído do trem que avança pelo seu sonho. Hoje é a estreia da sua peça, uma voz sussurra dentro do vagão. O público está à sua espera. É a estreia e você não sabe as falas, não decorou uma réplica.

Sua barriga esmaga o braço direito. Você girou pelo colchão e o deixou despencar ao lado da cama. O sangue formiga pelas veias dos dedos, que resvalam o piso de madeira. Pelo apartamento, uma pia cheia de louça, meias e calcinhas no varal, três vasos de plantas esturricadas. A tevê ficou ligada na sala, os livros estão revirados na estante, na mesa, no chão. Um deles é aquele romance dos anos 40. O personagem principal foi condenado à morte.

Seu sonho tem memória própria, tão sólida que parece outra vida, mesmo que você não se esqueça dessa aqui fora. Nessa outra história, a ideia de adaptar o romance para uma peça surgiu numa tarde de sábado, durante um passeio que você fez com aquele sujeito cujo nome é melhor esquecer. Vocês vagaram entre galerias e antiquários, ele divagava com a ponta do nariz na direção das estantes e dos quadros, a jaqueta verde musgo folgada sobre os ombros, a boina cobrindo a careca precoce. Falava de Édipo, dialética e América Latina. Também complementava tudo o que você dizia com "e além disso, também", mas apenas te repetia com outras palavras. Muitas vezes ele disse "e além disso, também", até mesmo quando fez uma sugestão que logo se tornaria um desejo e enfim necessidade. Entrou num dos sebos do centro e se dirigiu à prateleira do tal livro. Que você lesse o romance, que fizesse dele uma peça, que ela viesse a público.

O plano cresceu, trouxe mais gente, virou título estampado em redes sociais, cartazes e ingressos. Durante as noites de ensaio naquele sobrado do centro, vocês davam vida a personagens que vagavam sob o sol do norte da África. A mãe do protagonista morre num asilo. Ele se mete na briga de um vizinho, dá quatro tiros em um homem na praia. Esse é o crime pelo qual você foi condenada. Você enxerga as imagens, mas não sabe nenhuma réplica. Toda aquela história só te lembra silêncio e calor. Vocês ficavam exaustos ao fim do ensaio e enganavam o estômago com cerveja no mesmo bar de sempre. O cara da jaqueta verde musgo se sentava ao seu lado no começo, vocês iam embora juntos. Dias depois, na outra ponta da mesa, prometia que era só uma rodada, precisava ir embora. Apareceu na véspera da estreia apenas para dizer que não podia ficar, outra pessoa estava a sua espera.

Você não descobriu quem era essa outra pessoa, até hoje não pode esboçar um retrato, rabiscar os cabelos, saber a cor das suas roupas, se ela prefere gato ou cachorro, frio ou calor, o que faz nas noites de sexta e manhãs de domingo. Ela mora num sonho para o qual você não foi convidada. E para se vingar, você imagina que ela detestava ouvir sobre América Latina, Édipo e dialética. Quando ele dizia "e, além disso, também", ela respondia com "mas, contudo, porém". Ele arriscava de novo, "e, além disso". Ela devolvia, "contudo, porém". Ele insistia: "ALÉM DISSO". Ela: "PORÉM". E assim até que ele fosse abandonado com meio cigarro na sacada de um prédio e tivesse a ideia de ligar pra você. E assim até que ele viesse se debater bêbado e com saudades, dentro desse celular que vibra ao seu lado. Seu sono é a única barreira que te protege dessa voz.

O trem está vazio, sua viagem é fora de temporada, quando ninguém faz esse trajeto. A paisagem desfila pela janela. Telhados de um vilarejo, o campanário de uma igreja, campos cobertos de neve. A paisagem desfila branca até que um túnel suga todo o cenário. O vidro agora é um espelho com pedaços do seu rosto. Sua pinta no queixo, os riscos das rugas, um olhar quase anêmico. A próxima estação talvez seja o seu destino.

Sua memória inventa noites de ensaio, mas pouco ensina sobre a rubrica ou a ordem das cenas. O tom talvez seja dramático. Qual é a leitura do diretor? Assim que você desce do trem nos fundos do teatro, uma assistente de palco avisa que você vai entrar de novo em dois minutos. Como assim de novo? Formas simétricas pela coxia, bailarinas alongando as pernas e repetindo *pliés*, e você com essa marca do travesseiro no rosto, uma calça de moletom que termina em meias vermelhas e chinelos. Ninguém te preparou para essa peça, ninguém te maquiou ou passou o figurino. Suas unhas continuam comidas. À beira do palco, a cena sob a luz do neon ofusca os olhos. O roteiro adaptado do romance dos anos 40 está numa cadeira ao seu lado. Você abre na expectativa de decorar ao menos uma fala, nem que seja preciso repetir a mesma réplica ao longo da peça. Todas as páginas estão em branco com exceção da última. Ela traz aquela palavra "foi" do seu caderno, ainda sem sujeito nem complemento.

Talvez seja possível se esconder durante as cenas, improvisar entre as falas. Outra solução seria acordar. Mas a vida aqui fora não é das melhores, o mesmo copo vazio continua na sua mesa de cabeceira, a mesma cartela sem comprimidos, o celular vibrando e com chamadas perdidas, e suas unhas – já sabe. Aqui fora amanhece. Sonhos como esse costumam vir entre as cinco e as seis, quando os primeiros raios de luz entram pelo seu quarto. Se acordasse agora, você conseguiria ver seus pés para fora do cobertor, o segundo dedo muito maior que os outros (aquele sujeito da boina disse que você tem pé grego, lembra? pé grego de atriz trágica, como se pé tivesse profissão, nacionalidade). Se despertasse agora, você escovaria os dentes sem sentir o eucalipto da pasta. Com café e pão na boca, olharia para o muro pichado de um estacionamento em frente a sua sacada, voltaria para o escritório, ligaria o computador para escrever "atenciosamente" ao fim dos e-mails, mesmo sem querer dar atenção a ninguém.

Acordada, você teria vontade de viajar de trem e descansar de tanta notícia, embora sua bússola apontasse para o passado, quando você fazia as unhas, arrumava a casa e tinha opiniões. Talvez seu lugar seja mesmo esse sonho, o canto do palco onde você espera com as mãos atadas para trás. O neon já deixou a cena, o teatro está a céu aberto, os atores se afastam. Chegou sua vez. É como se todos esperassem seus pés gregos em meias vermelhas.

Um homem de chapéu marrom e sobretudo lê para o público o código penal. Você foi condenada pelo assassinato. Sua história circulou nos jornais e comoveu a opinião pública. Mas é estranho ver a guilhotina no chão, você esperava que ficasse sobre um cadafalso, o condenado subiria os últimos degraus de sua vida como se ascendesse aos céus. Parece que colocaram o instrumento ali de última hora, como num improviso profano, que diminui o peso da morte.

(um espectador que chegou por último, depois dos três toques da campainha, porque decidiu fumar um cigarro, comprar pipoca e ainda passar no banheiro, quase não encontrou lugar e foi parar lá no alto, na última fileira do segundo mezanino, passando parte da peça sem enxergar o canto do palco, e na hora da execução não aguentou, precisava ver tudo, queria saber como fariam com a cabeça, vão colocar uma falsa? usar um boneco? ou será um truque de mágica em que o condenado se encolhe bem rápido? ficou de pé e se inclinou para ver a cena, obstruindo a visão dos demais espectadores, que chegaram mais cedo, não fumaram cigarro, não compraram pipoca nem passaram no banheiro.)

Alguém te põe de bruços junto à guilhotina, a cabeça no suporte de madeira. Você ignora as unhas mal talhadas, os chinelos, a marca do travesseiro na testa. Encara o chão sem cor à espera da lâmina, mas em vez do golpe, um telefonema. "É pra você", diz o carrasco, e te estende o celular que ainda vibra na mesa de cabeceira e que enfim te desperta. O nome na tela te lembra de alguém que você queria esquecer.

Seus olhos se abrem no quarto vazio, seus pés te encaram para fora do lençol. Você diz "alô", e se lembra que não trancou as portas nem desligou a tevê. É tarde demais para regar as plantas.

O homem do túnel

O retrato é de um sujeito magro que vi algumas vezes na estrada do litoral sul para São Paulo. O homem ignora o observador e encara um ponto distante. O rosto marcado pelos traços grossos do pincel, os olhos são como duas manchas pretas, quase quadradas, que sustentam sobrancelhas da mesma espessura. Não sei se está inquieto ou contemplativo. O olhar escapa e se projeta além. E como não posso definir o que ele sente, esse quadro permanece uma pergunta. Sua expressão se refugia num esconderijo fora do meu alcance.

Comecei a tela depois de saber que meus dias com a Nara estavam contados e que ela logo deixaria o país. Eu a imaginava numa rotina em outro continente, caminhando pela calçada com fones de ouvido, falando palavras estrangeiras, escolhendo frutas no mercado. Não havia espaço para mim naquele cenário, e me ver fadado ao esquecimento não me deixava dormir. Levantei no meio da madrugada e fui para a sacada do apartamento. Passei sobre a tela algumas demãos cruzadas de gesso, água e cola de coelho. Com os primeiros traços, saí em busca de uma nova imagem, longe da Nara e seu universo, e todos os pontos de fuga me levaram para o tal sujeito solitário na rodovia.

Como o encontrava no mesmo túnel nas idas para o litoral, usei os tons terrosos dos morros, a luz amarela dos faróis que dava brilho aos cabelos oleosos. Barba cheia, mechas loiras e grisalhas, os contornos aos poucos ganharam fisionomia, entre uma e outra sessão, em meio ao cheiro da terebintina com cigarro e os poucos ruídos que vinham da rua. Mas faltava algum detalhe. Ainda falta. E da mesma maneira que esse quadro, a Nara também me escapa. Desde que foi embora, ela me responde com frieza, nada parecido com os primeiros dias, quando me cobria com perguntas inesperadas, a voz rouca e subindo no fim das frases. Que horas você nasceu? Tem alguma cicatriz? Onde aprendeu a pintar?

A gente se encontrou pela primeira vez num quiosque da orla de Santos. Ela não demorou para ficar à vontade. Falava bastante, balançava a cabeça e as mãos enquanto as sobrancelhas arqueadas e o coque do cabelo não saíam do lugar. Algumas cadeiras se espalhavam pela areia da praia. Um grupo de idosos caminhavam com os pés na água e os chinelos nas mãos. O vento fresco do mar soprava contra a nossa pele. Debaixo da mesa, a primeira garrafa vazia logo veio fazer companhia às suas coxas cruzadas, à alpargata vermelha que resvalava minha perna. Ela divagava sobre a fronteira entre o lilás do céu no começo da noite e a linha laranja do fim de tarde. Contava do sonho de fazer mestrado em História da Arte em Sevilha, de assistir a um espetáculo de flamenco tomando uma sangria, do *chiaroscuro* barroco em Murillo, motivo da nossa primeira conversa em uma página do Instagram, quando ela viu a pintura do meu autorretrato e me chamou de Caravaggio.

A Nara dava saltos imprevisíveis, e eu me deixava levar pelas mudanças de assunto, nunca sabia qual seria a próxima pergunta, mal percebia que as garrafas se acumulavam debaixo da mesa e que a praia se esvaziava. Por que você nunca extraiu os sisos? Quantas vezes esteve em Salvador? A umidade refletia na testa e no nariz de colina escalado por um piercing solitário. Sua perna vinha aos poucos se apoiar na minha. Ela se sentou do meu lado, e as perguntas começaram a diminuir, pôs a cabeça no meu ombro e sussurrou com a voz quase apagada que éramos os últimos do quiosque.

Melhor passar a noite aqui, sugeriu apontando para um dos edifícios tortos da avenida. Olha ali onde eu moro, você já entrou num desses? Me explicou que aquele era um cartão postal de Santos, os prédios se inclinavam por causa da fundação rasa e um deles me encarava com seus olhos de janelas, parecia curvar os ouvidos à espera da minha resposta, assim como a Nara. O batom borrado, as costas suadas, apenas o coque do cabelo mantinha sua curva, que seria desfeita somente mais tarde no seu apartamento. O declive do piso, a leve vertigem que eu senti assim que entrei, tudo desapareceu quando seus fios escorreram em espiral sobre os ombros e até a curva dos seios.

No caminho de volta para São Paulo na manhã seguinte, o rádio ligado, eu batucava a música no volante e achava bonita a orla no inverno, ainda que fosse segunda-feira e que o céu estivesse coberto. Ria comigo pensando nas perguntas que a Nara me fazia e em outras respostas que eu poderia ter dado. Eu ainda lembrava das suas costas no meio dos lençóis, os cabelos que se desfaziam em espiral. Não sabia que, depois do primeiro encontro, eu estava prestes a conhecer o rosto desse quadro. Os veículos formavam uma fila de pisca-alerta atrás de uma caminhonete em pane, talvez alguém da manutenção, pensei quando avistei um homem amarelado na entrada do túnel, vestindo uma bermuda vermelha com uma camisa de manga longa que um dia foi branca. Os cabelos fundidos à barba e os olhos injetados na diagonal, em fuga. Na mão direita, uma laranja que poderia ser uma pedra. Não pedia carona nem dinheiro, apenas encarava um ponto cego, alheio à fumaça dos escapamentos e aos ruídos dos motores.

Achei que aquela seria só mais uma cena corriqueira, mas o homem abriu uma fenda na minha cabeça, tomou a forma de uma obsessão e veio se sentar ao meu lado no banco do passageiro. Os reflexos rarefeitos adiante pela estrada, embora eu tentasse me concentrar no caminho, no pedaço de asfalto que o carro cobria conforme avançava, logo comecei a me perguntar o que se escondia no meio das árvores, na cabeleira verde musgo dos morros, as plantas e todos os bichos que ignoravam os humanos aqui fora. Eu me perguntei sobre a face oculta da serra, a sombra daquele *chiaroscuro* tropical, o que escondiam as trilhas das rochas ou o abismo além das curvas. E o que aquele homem vinha fazer no meio de um túnel? Como permanecer ali, ora exposto ao frio úmido da noite ora sufocado pelo ruído e pela fumaça dos motores?

Nara começou a frequentar São Paulo. E bastava ela estalar os dedos para eu descer pro litoral. Assim algumas vezes, sob vários pretextos, roupa esquecida debaixo da cama, uma volta de bicicleta na orla, festival de música no parque. As conversas continuavam por associações, defeitos que ela inventava para as cores. Azul parecia rancoroso, laranja só contava mentiras, verde era egoísta, amarelo falava mais do que devia. Depois voltava às perguntas de voz rouca. Por que sempre vem pela Anchieta e não pela Imigrantes? Você consegue tocar na ponta dos dedos dos pés quando se alonga? Já deixou morrer uma planta? E um peixe?

As perguntas abriam túneis. Pensar na resposta para cada uma delas era viajar para dentro de mim, descobrir algo que eu ignorava. E eu me apaixonava por esse olhar estrangeiro que ela me trazia, por isso o choque quando ela me anunciou, num dos nossos quiosques favoritos, depois de tirar dos lábios o copo com o último gole da terceira cerveja, que voltaram atrás na Espanha. Aceitaram seu projeto. Um concorrente tinha desistido de última hora. A oportunidade exigia que ela viajasse em poucas semanas. E nós dois?, achei que ouviria aquela noite, mas essa pergunta não estava na sua lista.

Subindo para São Paulo no dia seguinte, enquanto eu explicava para mim mesmo que no fundo aquela notícia era muito boa para ela e que nossa relação ainda não tinha tamanho para competir com qualquer projeto, topei outra vez com o homem do túnel. Sua cara sem nome surgia enorme ao lado de um carrinho de feira recheado de garrafas d'água e sacos de papel. Naquela madrugada eu começaria os rabiscos na tela de 20 por 25 centímetros, imitando o formato do rosto.

Ele permanecia na rodovia. A cada passagem, eu acrescentava detalhes ao desenho, a cabeça mal apanhada em velocidade. O cenho espesso, os olhos cavados, a feição entre o espanto e o abismo. Um dia, um cobertor de estopa sobre os ombros, escrevendo com giz na parede. No outro, chupando laranja, cuspindo sementes como se fossem os próprios dentes. Fora do túnel uma vez, flutuando no acostamento, junto aos pássaros e às copas das árvores. Em outra ocasião, deitado numa tábua que se apoiava em latas de cal. Jaqueta, bermuda e fones de ouvido, uma perna dobrada sobre o joelho. Estava no sofá da própria casa. Numa das mãos, uma revista, na outra, um lápis. O travesseiro era uma tira de papelão apoiada numa garrafa de plástico.

A cada novo detalhe que eu acrescentava ao retrato, mais certeza tinha que jamais conseguiria entrar na mente daquele homem, saber por que estava ali no meio dos morros. Ele também me fazia perguntas sem resposta, mesmo calado. Todos os seus pensamentos pareciam pensamentos de gente que vive em túnel, e eu não podia adivinhar nenhum deles porque sempre achei que túnel só existia para ser atravessado. Era preciso despontar logo a céu aberto para seguir viagem, e o sujeito não saía, fazia da travessia seu abrigo.

No nosso último fim de semana, Nara escolheu um bar tradicional da cidade famoso pelos seus pastéis e bolinhos de bacalhau. Suas perguntas de voz rouca voltaram cheias de empolgação com a mudança para a Espanha. Ela atribuía cores às cidades: São Paulo, titânio, Santos, azul-claro. Que cor teria Sevilha? E esboçava itinerários de viagem. Que iria para Málaga, desceria para as praias de Cádiz, quem sabe atravessar o estreito de Gibraltar e chegar ao Marrocos?

Pela manhã, a temperatura alta em pleno inverno dominava o apartamento inclinado à beira mar. Ela me pediu para amarrar o top de um biquíni verde-água que quase desaparecia na palidez das suas costas. Eu ainda não tinha me acostumado à falta de prumo do prédio, mas não sentia a vertigem da primeira noite, mesmo com a gema do ovo escorrendo sozinha para a margem esquerda da frigideira, a linha do horizonte na diagonal pela janela.

Descemos para a praia e dei um mergulho no mar. Passei por quatro ondas e afundei antes que a quinta se quebrasse e deixasse para trás sua espuma. Quando voltei para a areia, ela me estendeu meia lata de cerveja. E se eu te visitasse em Sevilha um dia?, arrisquei dizer chacoalhando a cabeça para as gotas que pontilhavam a areia. Como resposta, ouvi palmas ao redor, alerta de que uma criança perdida procurava pelos pais. Palmas de três mulheres caminhando na beira do mar. Palmas de um homem molhado e mancando. Palmas de um vendedor de queijo coalho. Dos quatro torcedores de futebol que bebiam e ouviam música debaixo do guarda-sol ao lado. As mãos criaram um círculo de aplausos ao redor de um salva-vidas e uma menina desamparada e de maiô amarelo. A aclamação só foi interrompida quando uma mulher corpulenta apanhou a filha pelo braço. Nunca mais se afaste de mim.

Claro que pode, pode me visitar quando quiser, eu te passo o endereço, a Nara respondeu cutucando o piercing. Os olhos pareciam menores que de costume, o nariz estava para cima, na direção do sol. Para ocupar o silêncio que veio em seguida, foi minha vez de arriscar perguntas. É sempre assim quando uma criança se perde aqui? E se não acham os pais? As réplicas eram vagas, de cortesia. Mais cedo ou mais tarde, alguém sempre aparece.

A gente se separou no começo da noite com um silêncio mais ruidoso que as palmas das crianças perdidas. O trânsito ao pé da serra avançava devagar por causa de um clássico de futebol. Os torcedores voltavam todos para São Paulo ao mesmo tempo. Vendedores com pipoca, salgadinho e garrafas d'água perambulavam entre os carros. No caminho me esperavam os grandes morros da Mata Atlântica, os cumes escondidos entre o lusco-fusco e as nuvens.

Pela janela entravam a voz dos ambulantes e o som agudo dos grilos. Eu me recusava a acreditar que a resposta curta da Nara à minha ideia de visita era um ponto final. Tentava me apegar a uma dúvida, crer que tinha deixado em aberto nosso futuro. Quando será o próximo encontro?, ela ainda me perguntaria com a voz rouca. Outra pergunta sem resposta era o homem do túnel. Prometi que terminaria de uma vez esse quadro. Bastava cruzar com ele naquela noite. Pouco importava sua posição, se deitado com fones de ouvido, se chupando laranjas ou escrevendo na sua lousa de concreto. E se eu o tivesse encontrado naquele dia, talvez fosse o ponto final que eu procurava, não precisaria passar pelo mesmo lugar outras vezes, dirigir por horas pela serra como fiz nesses últimos dias, agora sem a desculpa de visitar Nara. O perfil não ficaria assim torto como está agora, sem apoio, como os prédios em frente ao mar de Santos.

Eu já tinha mapeado toda iluminação e a sombra. O rosto crescia no meio do quadro, as sobrancelhas eram duas gaivotas de asas abertas, as narinas assimétricas em meio à neblina da serra. Passaria a outro projeto assim que terminasse o retrato, talvez inspirado numa foto da Nara, presente para seu retorno – ou quem sabe para quando fosse visitá-la? Decidi que ia chamar o sujeito assim que o encontrasse no caminho. Pouco importava se eu ainda não sabia como atrair sua atenção nem parar no meio da rodovia. Ele olharia para mim e eu finalmente apanharia o último detalhe para concluir a tela.

Na ponta da fila de carros, a boca do morro rasgava a mata. Um vento frio entrou pela janela quando abri o vidro e varri com os olhos o asfalto do túnel. Dirigi devagar dentro da luz amarela, na pista da direita, até avistar um carrinho de feira junto à parede, recheado de garrafas e sacos de papel. Coloquei a cabeça para fora e parei o carro, mas o homem não estava lá.

O espelho repete: você

Minha língua está coberta de sal. Há dias convivo com gosto de ferrugem na boca. Eu bebo litros de água, mas os lábios continuam ressecados, as gengivas cortadas, a garganta sem uma gota de saliva. Quando durmo, sonho com praias e desertos, lugares áridos onde nunca estive; quando acordo tenho os dentes melados de sangue.

Desde que minha boca se encheu de sal, eu ando apenas com trapos de roupa pendurados nos ombros. Fios de cabelo e escamas de pele se juntaram à poeira do chão. Quem vivia comigo foi embora e levou o que era seu, como se aceitasse uma ordem e tivesse que cumpri-la de uma vez. Não precisa correr, deixa que eu te ajudo com os cabides – eu dizia quase sem voz, e ele respondia balançando a cabeça, Sim, sim.

Não foi sua culpa. Eu que deixei de amar o senhor Sim-Sim. Depois de tantos anos juntos, vivendo na mesma casa com dois gatos, percebi que ele não tinha mais nada a me dizer. Poderia ter acontecido com um psicólogo, com uma banda pop que perdeu a graça, com um amigo esquecido. Eu teria dito, Veja bem, agradeço esses anos, sinto que evoluí muito, mas acabou, e o sujeito me deixaria ir embora, não poderia me obrigar a fazer terapia. O problema é que aconteceu, aos poucos, com quem vivia comigo. Já tinha me tornado esta estátua de pedra quando me dei conta. Eu mesma não escolhi nada, afundava em areia movediça, lutava para não ter a cabeça engolida.

Metade do que eu tinha se foi. A outra metade continua aqui, mas minhas coisas não são muito boas em puxar assunto. Moro com objetos monotemáticos. Entre rangidos e estalos de plástico bolha, ouço vozes graves, agudas, roucas e fanhas. Os quadros dizem: me olhe. O espelho repete: você. No começo, eu até perguntava se só sabiam dizer aquilo; eles respondiam com as mesmas palavras. Como se não bastasse ter a língua coberta de sal, eu estava condenada a ouvir a ladainha das coisas.

E de tanto ouvir esses ruídos eu me acostumei. Eles se juntaram aos outros sons da casa, o motor da geladeira, a máquina batendo roupa, o chuveiro ligado, o liquidificador. Achei que diriam para sempre as mesmas palavras – ou até que eu me livrasse de cada objeto falante. Mas hoje cedo eu estava revirando as gavetas do quarto para jogar fora uns documentos empoeirados, boletos que só repetiam a palavra ventania, eu estava rasgando papéis que iam para o lixo, quando os pedaços enfim mudaram de assunto.

Entendi o que tinha acontecido comigo semanas antes, na própria noite da ruptura com meu ex-companheiro, quando fomos jantar na casa de um casal de amigos. Ela, uma advogada com aspirações a se tornar sócia da empresa onde trabalhava. Ele, um ortopedista de agenda cheia, amigo de infância do senhor Sim-Sim. Estavam para se casar e tinham acabado de se mudar para o apartamento. Queriam testar a convivência, eles disseram, e percorriam os preparativos do casamento e das reformas na sala. O ortopedista se mantinha de pé com o copo de uísque enquanto a advogada dançava com as mãos e ostentava a aliança no anelar. Eu me distraía e me deixava levar pelos sentidos. A música cubana, a brisa que entrava pela janela, o perfume das orquídeas.

As roupas não se soltavam do meu corpo e as coisas não conversavam comigo antes daquela noite; elas se espalhavam pela casa. As canecas com resto de café dentro da pia esperavam alguém vencer a preguiça de lavar a louça. Nos armários se escondiam casacos cobertos de ácaro, pés de pato e um saxofone, as pochetes do carnaval passado e, bem no fundo das gavetas, também a vergonha de acumular tudo, o desejo de acender incensos e ser como aquela japonesa que se desfaz de suéteres e calças de moletom sem nenhum pesar porque eles já não dão alegria. Nossa bagunça ocupava espaço pela casa, revelava o retrato dos últimos dias. No apartamento dos noivos, pelo contrário, a decoração permanecia intacta. Faltavam carnavais ainda para o pó se acumular nas pochetes ou para alguém ter a ideia de comprar pés de pato.

Bebemos três garrafas de vinho desde o começo da noite. Um branco gelado acompanhando a burrata ao pesto com tomate confit e manjericão na entrada, entre ruídos de cadeiras raspando o chão e elogios de que meu cabelo estava sempre hidratado, que minha pele estava lisa como a de um bebê, qual era o segredo afinal? É que eu ainda não me tornei uma estátua, eu teria respondido se soubesse o que estava por vir. A garrafa de tinto foi aberta minutos depois com o capeletti de prato principal e os detalhes do casamento com a banda, o buffet e as flores. Uma fortuna se casar hoje em dia, eles repetiam, e seguiam pelo mesmo assunto até o vinho rosé servido com a torta de banoffe e o convite para sermos padrinhos. Brindes e beijos.

É claro que a gente aceita – o senhor Sim-Sim respondeu antes de abraçar o noivo ortopedista e repetir a cumplicidade de dois amigos de infância, ou simplesmente de dois homens que se amam como homens. E eu, sem a mesma intimidade com a noiva advogada, não disse mais que três palavras:

Será uma honra.

Então essa coceira debaixo da língua. O recheio do capeletti talvez? Ou o molho pesto da burrata? Eu coloquei pouco sal na salada. O saleiro continuava cheio sobre a mesa, mas eu sentia que derramava os grãos na minha boca, segundo a segundo, e percebia que talvez essa ampulheta já tivesse virado muito antes, e só naquela noite eu me dava conta do fim, só naquela noite eu entendia por que eu tenho cálculos nos rins, esse poder de virar pedra de dentro pra fora. A conversa continuava, agora falavam da praia no entardecer, local e hora da celebração, os pajens e as daminhas. Ainda restava um pouco de vinho na taça da noiva, o noivo só ofereceu uísque para seu amigo homem, ele apontava para a parede sem quadros e andava pelo chão sem tapetes. Sim, sim, o outro concordava de corpo inteiro e imitava o sorriso do Pac-Man estampado nas meias pretas, longas meias de algodão que se revelavam com a barra da calça cáqui no meio da canela. Ele concordava de corpo inteiro com o amigo porque sempre foi especialista em dizer sim pra todo mundo. Esse é o seu jeito leve de deixar minha consciência pesada e me fazer ceder a guarda dos gatos. Pode ficar com essa torradeira, você gosta de queijo quente, essa é sua caneca favorita, eu dizia na despedida. Sim, sim, ele respondia, e já não me oferecia mais nada.

Os noivos, não. Eles tinham muito a oferecer no dia da festa, queriam os convidados à vontade:

Não vamos impor regras de traje. As madrinhas podem usar qualquer cor, menos o branco, é claro. E você? Já tem vestido? Esse cabelo ruivo deve cair bem com azul.

A noiva dançava tanto com as mãos ao falar que por pouco não me acertou o nariz. E não tinha comido quase nada durante o jantar. Por causa da gastrite, ela dizia, a queimação aumentava com o estresse, além do casamento, enfrentava acúmulo de trabalho porque um colega tinha pedido demissão e não contrataram outro advogado. Na segunda-feira, uma longa lista de processos a esperava numa planilha, o chefe fazia promessas, um dia ela ocuparia seu cargo, questão de tempo, já coordenava sozinha a equipe, no próximo ano talvez até fosse elegível para se tornar sócia da empresa, já pensou? O bônus é mais de dez salários, dinheiro que mal cabia na minha orelha direita, ainda atenta à conversa enquanto a esquerda se perdia nos versos da caixa de som.

Hoy represento el pasado, no me puedo conformar. Pelo menos a gastrite me ajuda com o regime. Estou me sentindo gorda, sabe? Quero caber no vestido – a noiva continuou com seu corpo de modelo e com a desfaçatez de uma adolescente jurando para a mãe que vai dormir na casa da amiga. E talvez ela tenha se arrependido diante da minha barriga quase italiana de tanta burrata e capeletti, talvez tenha hesitado diante do meu quadril esparramado naquele sofá de linho cheirando a novo.

Os noivos não tinham bichos de estimação. Desde que adotamos os gatos, os braços do sofá em casa viviam desfiados. Ninguém mais se importava em cortar as garras, era preciso revirar o armário da ração, jogar fora o biscoito que amoleceu, o remédio vencido, recibos de cartão com compras no débito e no crédito, era preciso tirar tudo do lugar para exumar uma tesourinha foragida, como outras coisas que não são mais usadas e se aposentam pela casa, fazem de asilo cantos ocultos, saem do nosso campo de visão e passam a existir somente como uma imagem desbotada na nossa cabeça, que também é uma casa enorme e cheia de gavetas, onde outras imagens se acumulam, se fundem a pensamentos que a gente não pode dizer, e que se fazem sentir, às vezes com os cabelos que caem na poeira do chão, às vezes com aftas no canto da boca.

A ponta da minha língua fervilhava como sal de frutas naquela noite na casa dos noivos, e juro que não toquei no saleiro em nenhum momento. A médica tinha me dito meses antes, Com essas pedras nos rins, nem pensar, e também proibiu os chips, o shoyu, a carambola, tudo o que deixasse um rastro de cálcio, de ácido oxálico ou úrico. As pedras só foram descobertas porque eu sentia um incômodo na bexiga e a menstruação atrasou. Você está grávida de cálculos, me disse num tom debochado diante do ultrassom. Com a ponta da caneta quase perfurando a imagem de um fóssil na escuridão, ela me explicava que cada pontinho brilhante não era uma estrela, mas uma pedra, resultado do acúmulo de cristais da urina, e essa história de gestar algo tão duro e sem vida me roubava o fôlego, até que chegou essa noite na casa dos noivos e também os outros órgãos se enrijeceram. Ouvi a voz dos objetos pela primeira vez e descobri que tinham pouco a dizer. O garfo sujo na mesa da janta repetia: cansei. O saleiro pedia socorro. A taça de vinho me perguntava pra quê.

E vocês? Não vão casar? Moram juntos faz quanto tempo mesmo? – o noivo também perguntou antes de virar o copo de uísque. Sua cabeça diminuía atrás do vidro, era uma bola de pingue-pongue que boiava como gelo no bourbon. Uns quatro anos, o Sim-Sim respondeu, e me chamou para a contagem com a sobrancelha erguida. A boca aberta imitava o Pac-Man fugindo dos fantasmas e de perguntas inoportunas num labirinto de oito bits, esse ser que não luta nem se esconde, só sabe comer pontos brancos até esgotar os recursos do seu planeta 2D. Eu não encontraria uma saída ali. Minha resposta foi o banheiro. Fazer contas, olhar para o passado, aquilo só piorava minha situação.

Assim que fechei a porta, o espelho me disse: você. Na minha bochecha direita, crescia uma mancha verde acinzentada. Vi o reflexo de uma pasta amarela cobrindo minha língua. Ela se colava como tártaro nos dentes. Você, o espelho repetiu. A saliva pendurada no céu da boca tinha a forma de estalactites. Tentei beber água com a cabeça debaixo da torneira e engasguei com o punhado de areia que desceu pela garganta.

Tudo bem aí dentro?

Eu me tornava a mulher estátua. Minha nova personalidade: apática. Meus superpoderes são gestar pedras e ouvir a ladainha dos objetos. Meu chinelo de tira amarela pergunta: cadê. Minhas plantas dizem: talvez. O ventilador boceja e não cai no sono. Por toda a casa, vozes graves, agudas, roucas e fanhas. Quando durmo, viajo por praias e desertos, paisagens cor de bronze e céu azul brinquedo, sobrevoo mares sem ondas e dunas sem pegadas, fico por ali até acordar com os dentes melados de sangue, o resto de fluido que ainda guardo dentro de mim.

Achei de início que a vantagem de virar uma mulher-estátua era chegar o mais perto possível de me tornar um ser em si, isso quer dizer que enfim eu ia encontrar minha essência, não me perguntaria mais sobre o sentido oculto das coisas. Eu também seria monotemática. Se minha pochete murmurasse, saxofone, eu aceitaria, se o sujeito que dispensei fosse embora de vez, mais espaço na cama. Já estava até escolhendo minha palavra para repetir como estátua. Com certeza uma bem dura, talvez "ruptura", mas a gente cospe quando fala "ptu" e eu tinha cada vez menos saliva. Então logo percebi que eu queria ser a mesma, continuar a visitar amigos em suas casas, deixar as digitais em latas de cerveja pela metade, abandonar caroços de azeitona em caixas vazias de pizza, fumar cigarros e derrubar as cinzas, tudo revirar como num dilúvio, como nas orgias de Sodoma e Gomorra, cidades que eu já preferia antes mesmo de ser a Mulher de Ló que me tornei, antes mesmo de ficar para trás enquanto os outros se salvavam da fúria divina com cerimônias de casamento. Eu achava que era vantagem virar mulher-estátua, e na verdade queria a heresia desses objetos estrangeiros, movidos para lugares improváveis, criando enigmas dentro da nossa própria casa. Quem trouxe a colher para o banheiro? Por que tem um batom na geladeira? Eu queria confusão, e meu companheiro desfazia a minha bagunça, organizava até a louça suja dentro da pia, os pratos deviam ficar empilhados, os talheres dentro dos copos. Tudo lavado e de volta às prateleiras mais tarde, sempre ao alcance das mãos, assim como os amigos que nos visitam e depois retornam para suas casas-depósitos e se enchem de poeira nas gavetas emperradas da nossa memória, onde também ficavam guardados, à espera do próximo convite.

Quando saí do banheiro, lá estava o senhor Sim-Sim. O Pac-Man me esperava amarelo. Ainda me perguntava como eu me sentia. Não notava as primeiras marcas da minha mudança, eu tinha soltado o cabelo para cobrir o hematoma na bochecha. Atrás dele flutuavam os dois noivos-fantasmas coloridos e de olhos redondos. Pareciam se diluir no calor da sala, na luz que me ofuscava as pupilas cada vez mais secas. Eu disse que estava bem e inventei uma dor de cabeça. Fui engolida pelo sofá e me vi forçada a encarar de novo aquela mulher esbelta e com a aliança no anelar.

Ela me perguntou o que eu achava do ritual de atirar arroz nos recém-casados. Como minha língua engessada demorava para reagir, se antecipou declarando que preferia pétalas de rosas ou de orquídeas. Também esperava uma salva de palmas ao fim da cerimônia, palmas com gritos, e dançou com as mãos pela última vez porque seu gesto foi direto na taça em cima da mesa de centro.

E eu nem bebi tanto assim, ela se justificou para os cacos espalhados ao chão.

Foi o fim da ladainha. Em vez de falar de novo, pra quê, a taça me disse, cacos. Sua voz fina agora embargava. E eu fiquei tão confusa com o acidente que não percebi a novidade. Achei que não tinha ouvido direito, a noiva tentava me distrair com outro assunto, a dor de cabeça ainda latejava. Eu não pude me deter naquela pequena transformação. Só quando rasguei os papéis hoje cedo, me dei conta do que tinha feito. Era preciso despedaçar as coisas para que mudassem de assunto.

O noivo abriu os braços pedindo para ninguém se mexer, depois voltou com a pá e a vassoura. Está tudo bem?, me perguntou pela última vez o senhor Sim-Sim. Os estilhaços de vidro varridos com poeira e fios de cabelo me chamavam lá embaixo, pedaços que agora me diziam, cacos, com sua nova voz embargada, e que não repetiriam mais, pra quê – nem voltariam a ser uma taça.

A personagem fugiu

e o velho escritor saiu na sua captura, as mãos correndo pelo teclado do computador.

Ele queria um nome ou um pronome, alguém para ser sujeito de uma frase e depois de uma trama inteira. As palavras ignoravam seu desejo. Nasciam e morriam na tela. Escrever não deveria ser tão difícil assim, ele coçou a careca.

Estava sozinho e de pijama no quarto. A janela se abria para um pedaço de céu branco e frio. A tevê em frente à cama em desordem trazia anúncios dos filmes daquela semana. O escritor estava de frente para o notebook desde cedo como de costume, mas alguma coisa parecia fora do lugar. Na tela, o documento aberto trazia uma única frase: "Não achava as chaves do apartamento".

Começou a ler em voz alta e foi surpreendido por um bocejo: Não achaaava as chaaaves do apartameeento. Quem não achava as chaves do apartamento? Espiou ao redor em busca de uma resposta. Na parede oposta, uma estante de livros e um autorretrato de Francis Bacon. O rádio relógio ao lado da cama indicava seis e trinta e dois da manhã. Ele se levantou para ir até a janela quando uma música alegre invadiu o volume da tevê. Letras amarelas estamparam "La Ricotta" no meio da tela. Dois homens jovens dançavam frente a frente, um de calça cáqui e camisa cinza, o outro sem camisa e de calça marrom. Pessoas com figurinos bíblicos também se sacudiam com a música. Pelas roupas e pelo tratamento da imagem, aquele devia ser um filme dos anos 60.

Olhou para fora: o céu branco descia sobre a avenida lá embaixo. As sacadas dos prédios do outro lado da rua estavam vazias. Ele forçou a vista para enxergar pelas janelas e através das portas – ninguém lá dentro, as luzes apagadas, como se outras pessoas também não conseguissem entrar, talvez também tenham perdido as chaves do apartamento. Ruídos de estaca e freio de ônibus chegavam de um lugar não muito distante. Nem todos haviam desaparecido. Talvez eu consiga achar meu personagem de romance se for para a rua e encontrar gente, pensou o escritor de pijama. Sua boca pedia cigarro e café.

Apanhou o casaco, caminhou até a porta.

Estava trancada.

Abriu gavetas, procurou debaixo do tapete e na cama. Sentiu um vento gelado na espinha e voltou para a porta. A busca deu lugar à ansiedade. Alguém me tira daqui, ele bateu forte, alguém me tira, e não demorou para a maçaneta girar e uma mulher aparecer com um sorriso. Oi, pai, já acordou, quer ir no banheiro?

A intenção era fumar cigarro e tomar café, encontrar pessoas, mas seria bom passar no banheiro antes de ir para a rua. E pensando bem, aquela mulher que dizia ser sua filha já oferecia uma imagem à composição da personagem fugitiva, as sobrancelhas finas talvez. Ou os cabelos desbotados de tinta vermelha.

No espelho do banheiro, o homem topou com outro personagem. Era um senhor de pijama de lã. Vestia uma camisa xadrez com quadrados pretos e amarelos. Tá me olhaaaaando pooor quêêêê?, ele perguntou com outro bocejo. Inchou as bochechas e mordeu a língua. Não sabia se sentia medo de estar ali com um desconhecido ou se apenas ria da situação e continuava a trocar caretas. Certas partes daquele rosto também serviam ao projeto de personagem. Os olhos com remelas, as orelhas esticadas quase lambendo o queixo. O homem do espelho ainda tinha a marca de travesseiro na bochecha. Um pedaço da cabeça parecia avermelhado, talvez de tanto ele coçar a careca.

E se juntasse em uma só personagem os traços desse sujeito com a mulher que viu lá fora? Montaria alguém de sobrancelhas finas e franzidas, cabelo ruivo e orelhas esticadas. A personagem receberia o pronome Ela, como a filha, e estava pronta para se tornar sujeito da frase, "Ela não achava as chaves do apartamento". Ainda assim, aquele ser de papel se mantinha calado como uma concha vazia. Os pedaços do rosto não se aglutinavam. O velho pegou um batom largado em cima da pia e fez um desenho no espelho para unir os traços do homem ao da mulher, os rabiscos pareciam infantis, desfigurados. Um pedaço de língua mordida saía da boca. É preciso que ela fale alguma coisa, ele pensou, e fez perguntas em voz alta. Quando te entregam um panfleto na rua, você aceita? Você arranca a casquinha dos machucados ou espera cicatrizar? De que cor é a parede do seu quarto? Você põe açúcar no café? Onde enfiou sua certidão de nascimento?

Pai, você está falando com quem aí dentro, vou entrar, tudo bem? A mulher de cabelo desbotado abriu a porta e se deteve de braços cruzados. De novo rabiscando no espelho, pai, pelo amor de, e expulsou o ar pelo nariz antes de trazer o homem de volta para o quarto. O café vai ficar pronto, pode tirar o pijama, separei sua roupa.

O rádio relógio marcava seis e quarenta e quatro. O filme que começou colorido agora estava preto e branco. O diretor de cinema sentado diante do jornalista fazia uma declaração sobre o homem comum italiano da época. Um monstro, um delinquente, um conformista, ele dizia.

Ainda de pijama, o velho se sentou novamente diante do computador para escrever o que tinha pensado no banheiro. Bebeu a segunda metade de um copo d'água da noite anterior que continuava sobre a mesa e coçou a careca. "Ela não achava as chaves do apartamento". E por ela entende-se a pessoa de sobrancelhas curvadas e que morde a língua quando está com raiva. Que mais?

Talvez seu problema fosse pensar apenas na personagem. E se considerasse os outros elementos? Como cenário, um bar ou o topo de um telhado. Como ação, que cuidasse do jardim, varresse um quintal ou pintasse uma parede. Como tempo, o bastante para descobrir sua verdade. As personagens do filme na tevê são tão ricas, encenam, tiram a roupa, sentem fome. Até agora ele só conseguia dar à sua essas sobrancelhas curvadas e o hábito de morder a língua. Por que ela não pode fazer teatro, dança ou italiano? Fosse ator como os que via na tela, teria mais gestos, encarnaria outros seres. Quase não recebeu adjetivos, não poderiam tachá-la de homem médio, perigoso delinquente ou conformista, como fez o diretor.

Trouxe o café, pai. A garota se aproxima com uma bandeja. Duas fatias de pão, manteiga, geleia, chá e fatias de mamão. Você ainda não tirou o pijama? Pelo jeito anda mais distraído que de costume. Come e depois toma os comprimidos de hoje, tudo bem? Olha, este aqui talvez te dê sono.

Eu quero uma xícara de café e um cigarro.

A gente já conversou sobre isso. Você sabe que não pode. Daqui a pouco eu volto.

O autorretrato em redemoinho de Francis Bacon pairava sobre o homem que sorvia o chá ruidosamente e se melava com o mamão, nada parecido com o amargo do café ou da nicotina que ele tanto queria. Para onde ia a mulher? Talvez cuidar do jardim, varrer um quintal ou pintar uma parede. Pela janela, o céu tão branco quanto a página do documento no notebook. Nas ruas lá fora, freio de ônibus e ruído de obras. Livros e livros na estante aqui dentro, ele até se lembra de alguns títulos. Encontraria sua personagem em algum deles?

O filme ganha cores de novo na tevê. Os atores em trajes bíblicos recebiam ordens de permanecerem imóveis na cena em que Cristo é retirado da cruz.

Uma voz impaciente repetia a mesma instrução diante de um grupo que tentava imitar a cena imortalizada na via crucis.

O homem velho tomou os dois comprimidos da cartela e ficou parado de pé no meio do quarto, o copo de água na mão. Achou engraçado o desespero do contrarregra italiano. Talvez sua personagem pudesse ser assim, aficionada por cinema e pela ordem correta dos atores em cena. Se dizem que personagens precisam desejar qualquer coisa, mesmo que um copo d'água, ali talvez houvesse um começo de obsessão. Ela entenderia de cinema, de iluminação, figurinos e papéis, poderia escolher ser antagonista, protagonista, plana, cíclica ou hipocondríaca.

Sem se dar conta, ele se deitou de novo na cama. O remédio não tardaria a fazer efeito. Tirou um molho de chaves do bolso do pijama e colocou sobre a mesa de cabeceira. Com as últimas cenas do filme, se esforçou mais uma vez para imaginar sua personagem, mas topou apenas com um rosto centrífugo derretendo sob a luz azul da tela, um pedaço de argila que, de tão maleável, se recusava a ganhar forma.

Adormeceu com o rosto iluminado pelas imagens da tevê. Na estante, um pouco acima da cabeça do homem velho, seu nome aparecia estampado em alguns livros, um deles de capa dura e ilustrado por um artista famoso em comemoração ao aniversário de trinta anos da primeira edição.

A filha entrou no quarto para retirar a bandeja e viu o molho de chaves sobre a mesa de cabeceira. Aí estavam, disse com um tapa na testa, e apagou a luz.

Nota do autor

As canções do conto "Rabo de arraia" são parte do álbum *Mestre Ananias ao vivo vol. 1.*

Raphael Araújo nasceu em São Paulo em 1988. Fez graduação e doutorado na Letras pela USP. Atua como professor do Ensino Médio e pesquisador colaborador junto ao Instituto de Estudos da Linguagem da Unicamp. É tradutor de *O pequeno príncipe*, de Saint-Exupéry (editora Universo dos Livros), e dos *Cadernos* de Albert Camus (editora Hedra). Contribuiu com ensaios sobre literatura para o jornal *Nexo* e a revista *Cult*. Além de publicar textos de ficção em diversas coletâneas, venceu o prêmio Off-Flip 2021 com o conto "Prófugo" e o Prêmio Mario Quintana 2023 com "Faroeste sem tiro".

Edição e revisão Bruno Zeni
Capa Sílvia Nastari
Projeto gráfico Rafael Marcon
Pintura da capa © Marcelo Tolentino
Reprodução de imagem Estúdio Mar de Palha

Dados Internacionais de Catalogação na Publicação (CIP)
(Laura Emilia da Silva Siqueira CRB 8-8127)

Araújo, Raphael.
As ruas lá fora / Raphael Araújo; capa, Sílvia Nastari; ilustração da capa, Marcelo Tolentino. 1ª ed. – São Paulo: Editora Quelônio, 2024. 136 p.; 13 x 20 cm.

ISBN 978-65-87790-76-3

1. Ficção: Literatura brasileira 2. Literatura brasileira: contos
I. Araújo, Raphael II. Nastari, Sílvia

13-20249 CDD 869.93

Índices para catálogo sistemático:

1. Ficção: Literatura brasileira
2. Literatura brasileira: contos
869.93

Editora Quelônio
Rua Venâncio Aires, 1072
05024-030
São Paulo - SP
www.quelonio.com.br

Fontes Pill Gothic, da Betatype,
e Richmond Text, da Carter & Cone
Impressão Ogra Oficina Gráfica
Tiragem 300 exemplares
São Paulo, julho de 2024